讀名著・學語文

紅樓夢

U0099783

新雅文化事業有限公司

www.sunya.com.hk

讀名著・學語文

紅樓夢

原　　著：曹雪芹
撮　　寫：方寧之
責任編輯：曹文姬
封面繪圖：小雲
內文插圖：陳巧媚
設計製作：新雅製作部
出　　版：新雅文化事業有限公司
　　　　　香港筲箕灣耀興道 3 號東滙廣場 9 樓
　　　　　營銷部電話：(852) 2562 0161
　　　　　客戶服務部電話：(852) 2976 6559
　　　　　傳真：(852) 2597 4003
　　　　　網址：http://www.sunya.com.hk
　　　　　電郵：marketing@sunya.com.hk
發　　行：香港聯合書刊物流有限公司
　　　　　香港新界大埔汀麗路 36 號
　　　　　電話：(852) 2150 2100　傳真：(852) 2407 3062
　　　　　電郵：info@suplogistics.com.hk
印　　刷：中華商務彩色印刷有限公司
　　　　　香港新界大埔汀麗路 36 號
版　　次：二〇一一年一月初版
　　　　　10 9 8 7 6 5 4 3 2 1

ISBN: 978-962-08-5283-1
© 2011 Sun Ya Publications (HK) Ltd.
9/F, Easterm Central Plaza, 3 Yiu Hing Road, Shau Kei Wan, Hong Kong
Published and printed in Hong Kong

瑰麗的名著

葛翠琳

文學名著，具有永久的魅力。一代又一代的讀者，曾從中吸取智慧和勇氣。

面對未來競爭性很強的社會，少年兒童需要作好準備，素質的培養、性格的塑造、心理承受力的加強、思維方式的形成、智力的開發，以及鍛煉堅強的意志，都是重要的課題。家庭教育的單調、學校教育的局限、社會教育的不足，使孩子們對許多新問題感到困惑。而文學名著向小讀者展現豐富的世界，通過書中具體的形象、曲折的情節，讓讀者學會觀察人，以及人與人的關係，了解錯綜複雜的社會矛盾。可以説，文學名著是人生的教科書，它像顯微鏡一樣，照出人的內心世界和感覺。通過書中人物的命運，了解社會，體會人生，不知不覺地得到啟迪心靈的鑰匙。而名著中文學的美，語言的美，更是滋潤心田的清泉，讓這些瑰麗的名著陪伴着你成長。

導讀

一、《紅樓夢》是我國文學史上最偉大的小說，在世界文學史上，也是一部極其重要的文學作品。

二、《紅樓夢》以賈寶玉、林黛玉、薛寶釵三個人的戀愛故事為中心，但它並不是一部愛情小說，它敘述了許多人的曲折遭遇，通過賈府的興衰，反映出當時的時代特色和變化。

三、賈寶玉的思想主要是反封建的，他反對人們為了做官而死讀書。他說的「男人是泥做的，女人是水做的」，就代表着那些執行封建統治的是男人，而清白無辜的受害者卻是女人。《紅樓夢》中許多美麗的女孩子，如林黛玉、賈迎春、尤二姐、香菱等等，都是受到不合理的婚姻制度迫害至死，其餘的像晴雯、芳官、鴛鴦等等都是因不甘受擺布而結局悲慘。

四、《紅樓夢》的描寫很細緻，有時用對比手法，如劉姥姥入大觀園，就透過一個貧窮老婆婆的視角來展現賈府的豪華。有時它用豐富的細節來描寫同一件事，如劉姥姥引到大家大笑，但每個人的表現都不同，這種手法可供我們學習。

五、《紅樓夢》人物雖多，但每個人的性格都不相同，連行動、寫的詩、說的話都不同，這種生動的描寫也是值得我們學習的。

人物介紹

賈寶玉

賈政和王夫人的兒子，賈母的孫子，天資聰慧，心地善良，性情溫柔。他鄙視功名，不願為功名而讀書。他認為女子沒有男子那麼庸俗，因此他喜歡結交女孩子。他希望和他最心愛的女子林黛玉結婚，但是殘酷的現實把他的美夢毀滅了。

林黛玉

賈母的外孫女，賈寶玉的表妹。幼年喪母，寄居在外祖母家。她天生麗質，天真純潔，聰慧過人，擅長詩詞和彈琴，但是自幼體弱多病，又因為寄人籬下，便變得多愁善感，有時甚至表現為多疑和小氣。

薛寶釵

王夫人的妹妹薛姨媽的女兒，賈寶玉的表姐，她和母親與哥哥寄居在榮國府。她美麗端莊，才識過人，但人情世故較深，對人圓滑，討得賈府上下人的歡心。有時為了自己的利益，她不惜玩弄手段，是一個表裏不一的人。

王熙鳳

賈赦的兒子賈璉的妻子，王夫人的親侄女，為人聰明能幹，榮國府的大大小小事情都由她全權掌握。她極工心計，常利用權力從中牟取私利，甚至不惜害死別人，但最後卻自食其果。所謂「機關算盡太聰明，反誤了卿卿性命」，就是指她。

襲人

賈寶玉的貼身丫鬟，處事幹練，善解人意，深得賈母和王夫人的欣賞，讓她全面照顧賈寶玉，並準備在賈寶玉結婚之後納她為妾。她領會主人的意思，為自己的前途打算，偏向薛寶釵，暗中排擠林黛玉。

賈母

賈母史太君，是榮國府一家之主，年輕時是一個聰明能幹的人，老年時處事也大方得體。她溺愛賈寶玉，處處維護他。她做的一切都是為了讓賈府的富貴榮華能延續下去，因此，她要賈寶玉達成她的理想，而不是去達成賈寶玉的理想，她一手促成了賈寶玉和薛寶釵的婚姻，並由此而導致林黛玉的死亡。

目錄

壹

五彩石頭說故事

《紅樓夢》

　　這本書有一個很不尋常而有趣的來歷。

　　大家都聽過女媧補天的故事吧？古時，水神共工和火神祝融打架，水神共工被打敗了，他非常氣憤，便把頭撞向不周山。不周山是頂天立地的山，它一倒，天上便被砸破一個大窟窿，天河的水就傾洩到地上。女媧為了遏止洪水成災，就施展神力煉五色石來補青天，把這場災害遏止了。

　　女媧一共煉了三萬六千五百零一塊石頭，可是她只用了三萬六千五百塊，剩下的一塊便被棄在青埂峯下。

　　這塊石頭經過鍛煉後靈性已通，想到自己在補天的大事中竟然落選，便日夜慚愧痛哭。多年以後，它看到一個和尚和一個道士談笑風生地經過，說到人間很多富貴榮華的事

情，它便懇求他們帶它到人間一行。那和尚不禁動了同情之心，便大展法術，把這塊十二丈高、二十四丈見方的大石頭縮小成一塊鮮明瑩潔、小得像扇墜那樣的寶玉，還刻上幾個字。他說：「這樣，人家一看就會知道你是一塊無價之寶了！」

石頭聽了，十分高興，就問：「大師，你給我那麼大的恩賜，請告訴我，你要把我帶到哪裏去呢？」

和尚說：「你暫不必再問，日後自然明白的。」於是，他就用袖子攏了這塊寶石，飄然下凡去了。

那麼，這塊石頭究竟到哪裏去了呢？

朝代是清朝，地點是當代的京都，在那裏流傳着幾句順口溜：

　　賈不假，白玉為堂金作馬。

　　阿房宮，三百里，住不下金陵一個史。

　　東海缺少白玉牀，龍王請來金陵王。

　　豐年好大雪，真珠如玉金如鐵。

這首歌謠唱出了當時四大家族——賈、史、王、薛四家的富貴榮華。

這個故事就發生在賈府中，賈家因為他們的祖先——賈演和賈源兄弟倆對皇帝護駕有功，被封了爵爺，世代沿襲，家世十分顯赫。他們的婚姻關係又是門當戶對，四個家族的

◆ 五彩石頭說故事 ◆

關係就更密切了。

　　賈府最老的一輩是賈母，她是從史家嫁到賈家的，大家尊稱她為史太君。她有兩個兒子，二兒子賈政娶王家的小姐為妻，人稱王夫人。王夫人的妹妹又嫁給薛家，人稱薛姨媽，而賈母的孫子賈璉又娶王夫人的侄女王熙鳳為妻，真是榮華富貴，盡在一家。

　　賈母的孫女，即賈政的長女，因是在元旦那天出生的，因此名叫元春。賈元春是一個才貌雙全的小姐，被選到宮中成為皇帝的愛寵，更給賈家帶來了榮耀。

　　賈政的第一個兒子賈珠平平無奇，但是，那第二個兒子誕生時，嘴裏卻銜着一塊五彩晶瑩的玉，上面還有些字跡，真是一件罕有的奇事，因此這孩子也就取名為寶玉，他的祖母更把他視如珍寶。

　　到了寶玉周歲的時候，他的爸爸賈政要試他將來的志向，便將許多東西擺在他面前讓他來抓，誰知寶玉一概不取，伸手只把那些女人用的脂粉釵環抓來玩，賈政十分不高興。不過，寶玉越長越可愛，也越聰明，一百個孩子也比不上他一個。他對女孩子特別尊重，常常説：「女兒是水作的骨肉，男人是泥作的骨肉，我見了女兒，便覺清爽；見了男子，便覺濁臭逼人。」人們只覺得他説得可笑，而他卻是祖母的心頭肉。賈母也是很鍾愛她的孫女的，便讓其他幾個孫女：探春、迎春、惜春都住到一起來，一起讀書，一起玩耍，

讓寶玉過着無憂無慮的日子。

　　但是，最近賈母卻遇到了一件傷心事——她的女兒賈敏嫁給姑蘇人氏林如海，不幸因病逝世。賈敏遺下一個女兒，名叫黛玉，長得聰明俊秀，弱不禁風的。賈母一面哀悼女兒，一面又惦記着外孫女只跟着父親缺乏照顧，就派人去接她來。林如海同意了，黛玉即跟她的塾師*賈雨村到來。

*塾師：從前稱私塾（私人所設的學堂）中的老師。

貳

賈寶玉初會林黛玉

賈府分為兩家，賈演的後代是寧國府，賈源的後代是榮國府，兩府佔了一條街。寧國府在東頭，榮國府在西頭。

林黛玉一上岸，榮國府便派轎子來接。林黛玉聽母親說過她外祖母家與別家不同，便特別留神，不敢隨便說話和行動，免遭人恥笑。她在轎子裏從紗窗望出去，京都繁盛，果然與別處不同。她的轎子先經過寧國府，再到榮國府，都是門前蹲着兩隻巨大的石獅子，正門上有御書的匾額，氣宇不凡。她的轎子不從正門，卻從側門進入，但一進門又是另一羣小廝*來抬轎子，又是一羣婆子*圍着侍奉，把她扶下轎

*小廝：廝，讀「司」，這裏指年輕的男傭人。
*婆子：這裏指年老的女傭人。

《 紅 樓 夢 》

子，又扶她走進垂花門，穿過許多雕欄繡閣，才到正房大院。只聽得有人喊：「林姑娘來了！」便看見兩個人攙扶着一位白髮如銀的老太太迎上來，黛玉立即知道這是外祖母了，正想下拜，卻早被外祖母一把摟入懷中，「心肝肉兒」的叫着，大哭起來，旁邊侍立的人都掩面涕泣，黛玉也哭個不停。等待眾人慢慢勸解住了，黛玉才拜見賈母，賈母也介紹她認識大舅母邢夫人、二舅母王夫人，以及表姐妹探春、迎春和惜春。

表嫂李紈是賈政長子賈珠之妻，賈珠早已去世，只留下一個兒子賈蘭。

眾人看見黛玉年紀雖小，但舉止言談不俗，身體雖是怯弱，卻另有一股自然的風流態度*，便問她的健康如何，吃什麼藥。黛玉説她自幼體弱多病，要常服人參養榮丸。賈母説：「這正好，叫人在這裏配就是。」

話剛説完，只聽有人一面從後院來，一面笑：「我來遲了！來不及迎接遠客！」黛玉心想，這裏人人都輕聲細氣的，怎麼這個人就那麼放肆無禮呢！這時，一羣女傭人已把一個女人從後房擁進來。這個人的打扮與其他姑娘不同，她身上彩繡輝煌，珠光寶氣。一雙丹鳳三角眼，兩彎柳葉吊梢眉，身材苗條，體格風騷，粉面含春威不露，朱唇未啟笑先

＊態度：這裏指形態和神韻。

聞。黛玉不知道應怎樣稱呼她，只聽眾姊妹説：「這是璉嫂子。」黛玉連忙向她行禮打招呼。

　　這人就是王熙鳳，她拉着黛玉的手上下打量一番，便説：「天下間真有這樣標緻的人物，我今兒才算見着了。怪不得老祖宗口頭、心頭念念不忘。只可憐我這妹妹這麼命苦，怎麼姑媽就去世了！」説着，就用手帕抹眼淚。賈母笑道：「我才好了，你倒來招我。你妹妹遠道到來，身體又弱，快別再招她傷心了。」王熙鳳這才轉悲為喜，招呼黛玉吃茶點。吃過茶點，賈母便叫兩個嬤嬤*帶她去拜見大舅父賈赦和二舅父賈政。

　　黛玉跟着大舅母邢夫人坐驟車到寧國府，邢夫人叫丫鬟去請賈赦，賈赦回了話，説：「連日身子不好，怕見了姑娘彼此傷心，以後再見吧。」黛玉坐了一會兒便回到榮國府，下了車抬頭看見「榮禧堂」幾個字，是皇帝的御筆，知道這便是賈政住的地方。這時賈政也有事外出不在家，王夫人接待黛玉，笑着對黛玉説：「你在這裏，三個姊妹都會和你相處得好好的，只是我有一件事最不放心的，就是我有一個孽根禍胎，是家裏的混世魔王，今天因到廟裏還願去了，晚上才回來。以後你不要理睬他，姊妹們都不敢沾惹他的。」

　　黛玉笑着説：「我曾聽母親説過，有一位銜玉而生的哥

*嬤嬤：嬤，讀「媽」，北方方言，對老婦人的通稱。

哥，比我大一歲，說很有姊妹情的，就是他嗎？」王夫人笑說：「你有所不知，他自幼被老太太慣壞了，跟姊妹們在一起，姊妹們若是不理他，縱然他沒趣，至多不過嘀咕一下子，倒還安靜些。但是如果姊妹們和他多說幾句話，他心裏一樂，便生出許多事來，所以我才囑咐你千萬別睬他。他嘴裏一時甜言蜜語，一時又瘋瘋癲癲，你別相信他。」

說着，丫鬟已來催吃晚飯了，王夫人便帶黛玉到賈母那裏吃飯。吃過飯賈母又和黛玉閒聊，正在這時，外面傳來一陣腳步聲，丫鬟笑着說：「寶玉來了！」

黛玉正在想：「這寶玉是怎樣的人呢？」這時，一位年輕的公子已經進來。他頭上戴着束髮嵌寶紫金冠，齊眉勒着二龍搶珠金抹額，腳上穿着小朝靴。面若中秋之月，色如春曉之花，鬢若刀裁，眉如墨畫，臉若桃瓣，眼若秋波，雖怒時而似笑，即瞋視而有情，脖子上掛着一塊美玉。黛玉一見，便吃了一驚，心想：「好生奇怪，我一定在哪裏看見過他，為什麼這樣眼熟？」

寶玉向賈母請過安，賈母叫他回去先見娘親。寶玉回來時，已是家常打扮，更讓人覺得自然可愛。

賈母說：「你還不去見你的妹妹！」寶玉便和黛玉打招呼，他細看黛玉的形容*，果然與眾不同：兩彎似蹙非蹙

---

*形容：這裏指面相容貌的意思。

籠煙眉，一雙似喜非喜含情目。閒靜時如嬌花照水，行動處似弱柳扶風，心較比干多一竅，病如西子勝三分。他便笑着說：「這個妹妹，我曾見過的。」賈母笑說：「胡說，你哪裏見過？」寶玉說：「雖沒見過，卻很面善，心裏就當是久別重逢的舊相識了！」賈母說：「那好極了，這就更加和睦啦！」

寶玉便到黛玉身邊坐下問長問短，問黛玉說：「你有沒有別字？」黛玉說：「沒有。」寶玉說：「我就送你一個別字叫顰顰吧。妹妹的眉尖似蹙非蹙，這兩個字最適合。」

跟着，寶玉又問黛玉有沒有玉？黛玉說：「沒有！你那玉是件稀罕之物，豈能人人都有？」寶玉一聽這話便發起癡來，把那塊美玉摘下來，狠狠摔在地上，罵着：「什麼稀罕物，連人的高低都不認識，還說什麼通靈呢！我不要這勞什子*了！」嚇得眾人一擁而上去把那塊玉撿起，賈母急得摟了寶玉說：「寶貝，你生氣就打人罵人吧，何苦摔這命根子！」寶玉哭着說：「家裏姊姊妹妹都沒有，單單我有，如今來了這麼一個神仙似的妹妹也沒有，可知不是一件好東西！」

賈母便哄他說：「妹妹原來也有玉的，因你姑媽去世時捨不得你妹妹，就把玉也帶去，好像女兒時刻在身邊一樣。

*勞什子：北方方言，泛指一般事物，含有輕蔑和厭惡的意思。

這是你妹妹的孝心,她不便說罷了。」說着,又給寶玉重新戴上那塊玉,寶玉也就順從了。

　　賈母因為疼愛寶玉,寶玉是跟她一起住的。現在來了黛玉,賈母便安排黛玉住在她房間的碧紗櫥內。寶玉說:「不如我就睡在碧沙櫥的外面吧。」賈母同意了,並讓寶玉的乳母李嬤嬤與丫鬟襲人照顧寶玉,另外再派一個叫紫鵑的丫頭照顧黛玉,還有幾個嬤嬤和掃地的,以及來往使喚的小丫頭,像探春姊妹們的一樣。

　　晚上,寶玉的大丫鬟襲人看見黛玉和紫鵑還沒有睡覺,便過來看她們。紫鵑告訴襲人說:「林姑娘剛在這裏傷心抹眼淚,說她才來了就惹出你家哥兒的狂病來,要是把那塊玉摔壞了,豈不是因她之過呢。好容易我才把她勸過來了。」

　　襲人便勸黛玉說:「姑娘別這樣傷心,將來只怕比這還荒唐的事還多着,你要傷感都傷感不過來呢!」黛玉說:「姐姐的話,我記着就是!」

　　第二天,黛玉到王夫人處定省*時,王夫人和王熙鳳正在一起看金陵的來信,原來王夫人的妹妹薛姨媽的兒子薛蟠仗勢殺人,人家告了他。王夫人想把薛姨媽和他的兒子薛蟠、女兒薛寶釵接到京裏來呢。

＊定省:指探望、問候父母或長輩的意思。

參

薛寶釵笑看通靈玉

薛家是怎樣的一個家世呢？它的創業者是紫薇舍人薛公，歷來都是大商家。薛姨媽和王夫人是同胞姊妹，她們的哥哥是現任京營節度使王子騰，高官顯爵，十分了得。薛姨媽婚後本來家財百萬，不幸早年守寡。大兒子薛蟠繼承父親遺業，在戶部掛了一個虛銜支領錢糧，為皇室採集雜料，因為一切都有舊伙計策劃照料，他自己就終日間遊散蕩，鬥雞走馬，得諢名「呆霸王」。最近他因為和人家爭買一個小姑娘英蓮為妾，竟叫手下強奴把人家活活打死。而薛姨媽的女兒寶釵呢，比薛蟠小兩歲，卻和她哥哥大不相同，她生得肌骨瑩潤，舉止嫻雅，讀書識字，又聰明過人。

這一次薛蟠鬧出人命官司，恰恰處理這案件的就是當過

林黛玉塾師的賈雨村。因為林如海的介紹，賈政便推薦他做了應天府知府，這是他上任遇到的第一件官司。賈雨村還知道這個小姑娘就是他的大恩人甄士隱的女兒，他對薛蟠的惡霸行為十分憤怒，本打算秉公辦理，嚴懲薛蟠，把小英蓮救出生天。可是，後來他一打聽薛蟠的來頭，又接到王子騰和賈政給薛蟠說情的信，便來了一個大改變，胡亂判了這案，多給一些銀兩死者家人就不再追究了，還給王子騰、賈政回信，說：「令甥之事已完，不必過慮。」薛蟠便又逍遙法外了。

這一次，薛姨媽把薛蟠、薛寶釵帶往京城，除了逃避官司之外，還有一個目的，就是因為皇帝要在世家名宦的家庭中，選出有才德的女子做公主和郡主的侍讀，充為才人、贊善之職。薛蟠就更高興藉着送妹待選之便，飽覽京都風光，盡情享受一番了。

薛家到京城之後，王夫人就安置他們住在東南角的梨香院。這個院子一面向街，薛家的人可以自由出入，另一夾道直通王夫人住的正院。平常，薛姨媽可以過來找王夫人、賈母等閒談，寶釵也可與黛玉及探春姊妹們在一起，或看書下棋，或做針黹*，倒也快意。

林黛玉自到榮府以來，賈母就對她百般憐愛，她的飲食起居都和寶玉一樣，超過了賈母的孫女探春姊妹們。寶玉和

---

*針黹：黹，讀「紙」，指縫紉、刺繡的工作。

黛玉兩人的親密友愛也與別人不同，日則同行同坐，夜則同息同止，言和意順，從來沒有衝突。沒料到如今忽然來了一個薛寶釵，年紀雖然略大一些，但是品格端方，容貌豐美，好些人還說黛玉比不上她。更加上寶釵行為豁達，性情隨和，不比黛玉孤高自許，目下無人，比黛玉更得人心，連小丫頭們都喜歡接近她。因此黛玉心中便有些忿忿不平，可是寶釵好像渾然不覺。

寶玉也不過是孩子脾氣，他一向對姊妹兄弟都同樣熱愛，沒有親疏遠近之分。不過因為他和黛玉跟賈母在一起住，就比對其他姊妹慣熟些，也親密些。一親密，就責備求全，不免有時產生磨擦和誤會。黛玉每次覺得受了委屈，就獨自在房子裏哭泣，都是經過寶玉向她道歉才回心轉意，和好如初。

不久，薛寶釵患了小病，寶玉到梨香院探望她。薛姨媽一看，便把他拉到懷裏，說：「這麼冷你還來看我們，快快到炕*上坐吧。」寶玉問寶姐姐身體怎樣，薛姨媽就叫寶玉到內間看她。寶玉到了內間，看見寶釵在炕上做針線活，她一身服飾樸素，容貌端莊，唇不點而紅，眉不畫而翠，一問她，才知道她的病已大好了。寶釵讓寶玉坐到炕上來，叫小丫頭鶯兒斟茶。寶釵笑着問寶玉說：「整日聽見你有一塊玉，

*炕：炕，讀「抗」，中國北方的一種牀，通常下面可以燒火取暖。

卻沒有仔細看過，今天我倒想好好看一下了。」寶玉便把玉除下來，交到寶釵手上。

寶釵把玉托在掌上，只見玉石大如雀卵，耀若朝霞，上面除了五色花紋之外，還有幾行篆字。玉的背面寫的是：一除邪祟，二療冤疾，三知禍福。翻過玉的正面，有兩行字，她便唸了出來：「莫失莫忘，仙壽恆昌。」唸了兩遍，回頭向她的丫頭鶯兒笑道：「你不去倒茶，卻在這裏發呆作什麼？」鶯兒嘻嘻笑道：「這兩句話聽起來好像和姑娘項圈上的兩句話是一對兒。」寶玉忙向寶釵要來看，寶釵被纏不過，只好從她的大紅襖裏把那金鎖掏出來。寶玉就近一看，見這金鎖兩面都有四個字，合起來是：「不離不棄，芳齡永繼。」便笑着說：「這八個字和我的真是一對。」鶯兒笑着說：「是個癩頭和尚送的，他說必須刻在金器上……」寶釵不待她說完，便催她去倒茶。

這時，寶玉聞到一陣陣香氣從寶釵身上傳過來，便問寶釵：「姐姐薰的什麼香？」寶釵說：「我最怕用香薰衣服，恐怕是我吃了那冷香丸的氣味吧。」寶玉說：「這麼好聞，也給我嘗一嘗吧。」寶釵笑着說：「你又胡鬧了，藥丸怎能胡亂吃……」

寶釵的話還沒有說完，黛玉已搖搖擺擺地走了進來，一見寶玉，便笑說：「哎唷，我來的不巧了！」寶玉連忙起身讓座，寶釵說：「你這話是什麼意思？」黛玉說：「早知他來，

我就不來了。」寶釵說：「我還是不明白。」黛玉笑說：「要來就一齊來，不來就一個也不來。如果今天他來，明天我來，這樣錯開了，那樣才天天有人來，不至於太冷落，也不至於太熱鬧，姐姐有什麼不明白的呢？」

寶玉看見黛玉穿着大紅斗篷，便問是不是外面下雪，那些婆子說已下半天了。寶玉接着問：「我的斗篷帶來了沒有？」黛玉說：「可不是？我來了他就該去了！」寶玉說：「誰說要去？不過叫人拿來準備着就是了。」

薛姨媽已擺上好幾種茶果請他們喝茶。寶玉說：「須送酒才好。」薛姨媽又叫人把上等的酒拿來，還要把酒燙暖。寶玉說：「不必了，我只愛吃冷的。」薛姨媽說：「這可使不得，吃了冷的酒寫字時手也打顫的。」寶釵也說：「寶兄弟，虧你平日什麼都學，難道不知道酒性最熱，要趁熱吃下去，才發散得快。若是冷吃下去，便凝結在五臟裏，對身體有害，以後你再不要吃冷的酒了。」寶玉覺得有理，便把酒暖了才吃。黛玉在旁邊看着，只管抿着嘴笑。

正在這時，黛玉的丫鬟雪雁把小手爐送來了。黛玉含笑問她：「誰叫你送來的？難為你費心，我哪裏會冷死呢！」雪雁說：「紫鵑姐姐怕姑娘冷，叫我送來的。」黛玉接過來，還笑着說：「也虧你倒聽她的話，我平日和你說的，你都當耳邊風，怎麼她一說你就依，比聖旨還快呢！」寶玉聽了，知道黛玉借題發揮諷刺他，也沒反駁，只嘻嘻地笑。寶釵素

來知道黛玉的脾性，也不計較。最後，還在黛玉的腮上擰了一把，說道：「真真你這個顰丫頭的一張嘴，叫人恨又不是，喜歡又不是！」

薛姨媽盡量把寶玉愛吃的飯菜招呼寶玉吃，最後，人人都吃飽了。黛玉問寶玉：「你走不走？」寶玉說：「要走我和你一起走。」丫頭已把斗篷拿來了，寶玉嫌丫頭手笨，便低着頭，讓黛玉給他戴上斗笠，然後披上斗篷，跟着黛玉一起離開梨香院。

賈政試兒子才華

　　寶玉是一個天資聰敏的人，可是他最不愛讀書。他父親賈政希望他讀了聖賢之書，將來考中科舉，然後做官，好光宗耀祖。當時的人讀書都是為達到這個目的，但是寶玉卻看不起這樣的人，叫他們做「祿蠹*」。賈政逼他讀書，他看見賈政便像老鼠看見貓一樣，但是賈母卻嬌慣他，還責備賈政，說他勉強寶玉讀書，會把寶玉逼出病來。可是，讀書畢竟是正經事，賈家自己有家塾，請了老師，還招了族裏的子弟來就讀。因此，為了應付父親，寶玉也只好上學了。

　　這時，林黛玉的父親林如海得了重病，來信叫黛玉回

---

*祿蠹：祿指官吏的薪水；蠹，讀「到」，是一種蛀蝕書籍、衣服、字畫的蟲。祿蠹是諷刺貪圖官位的人。

去，賈母於是叫王熙鳳的丈夫賈璉送黛玉到揚州看父親。林如海不久便逝世，因此黛玉又跟着賈璉把林如海的棺木送到蘇州，一時回不來，寶玉十分記掛她。

有一天，正是賈政生辰*，寧、榮兩府的人都齊集慶賀，非常熱鬧。忽然那守門的到席前報告：「聖旨到了！」眾人慌忙到中門跪接，只見太監宣讀聖旨，要賈政立刻入朝。賈政便馬上換上朝服入朝，賈母及家人都心裏惶惶不安，不斷派人騎馬來往打探消息。到後來，那位太監出來道喜，説是大小姐賈元春被皇帝封為鳳藻宮尚書，加封賢德妃，全家這才歡天喜地，賈母也率領各人進宮謝恩去了。

這些喜事寶玉都不放在心上，只有賈璉把黛玉送回來了，他才高高興興的。鳳姐告訴他，從此林妹妹就長住在賈府了。黛玉帶了許多書紙筆墨回來，分贈給各位姊妹，寶玉把北靜王贈給他的很貴重的藿苓香念珠拿出來送給黛玉，黛玉卻把它丟在地上説：「什麼臭男人拿過的，我不要！」

元妃加封之後，皇帝還特別體貼，讓她回家省親。因為妃子們選入宮之後，就差不多跟家庭永別一樣的。皇帝既有這麼一個大的恩典，賈府就要為元妃歸家造一座華麗、宏偉的省親別墅了。

寧、榮兩府的範圍很大，他們就請專家來策劃，在原地

*生辰：即生日的意思。

堆山挖池，起樓豎閣，足足用了一年時間，終於把一座宏偉無比的省親別院造起來了。

這一天，賈政帶着一羣賓客檢閱這些亭台樓閣和各個地方，走到花園時，恰巧遇到寶玉也在那裏玩，賈政便叫他跟着來，想試試他的才華。

別院的各個地方都是別出心裁，造成各種風格迥異和各有特色的建築物，賈政徵求賓客的意見要題什麼名字，賓客們題的都比較古板、平凡，但是寶玉出的主意就不同。他們來到一個臨水的亭子，賈政自己提出了「瀉玉」二字，寶玉卻說：「『瀉』字比較不雅，還不如『沁芳』好。」賈政叫他做一副對聯，他做的是：「繞堤柳借三篙翠，隔岸花分一脈香。」賓客們連聲稱贊，賈政嘴裏雖然沒説什麼，心裏其實也暗許他的才華不凡。

看過各處、題過許多對聯之後，寶玉出來了，跟他的小廝都給他道賀，一窩蜂把他身上佩戴的東西都搶走，寶玉也樂得作賞給他們做禮物。

賈玉回到房間，黛玉看見他佩戴的東西都沒有了，就説：「我給你做的荷包也給了他們，以後再別想我給你做了！」説完，就將她才給寶玉做了一半的香袋拿來就剪，寶玉攔阻已來不及。寶玉也生氣了，他解開衣領，把黛玉上次給他做的荷包解下來，説：「看，我什麼時候把你的東西給人了？」

　　黛玉看見寶玉對她送的東西如此珍重，也後悔自己的衝動，就低頭不語。寶玉說：「我知道你不願給我做東西，連這荷包也奉還怎樣？」一把將荷包擲還給她，黛玉更加生氣，眼淚汪汪的，又拿起剪刀來要剪。寶玉連忙回身搶住，笑着說：「好妹妹，饒了它吧！」黛玉便擦着眼淚說：「你不用和我好一陣，歹一陣的，乾脆分手吧！」便賭着氣上牀，面向裏面揩眼淚，寶玉就妹妹長妹妹短的不停地賠不是*。

　　賈母到處找寶玉，知道他在黛玉房裏，便說：「讓他和姊妹們一起玩吧，剛才給他老子*折磨了半天，也該開開心了，只是不要拌嘴就是。」

　　黛玉被寶玉纏不過，只得起來說：「你這麼煩我，我走了！」說着就往外走，寶玉說：「你走到哪裏，我就跟到哪裏！」一面仍把荷包帶在身上。黛玉說：「你說過不要了，現在又帶在身上，我也替你害羞。」說着，就「嗤」的一聲笑起來。寶玉說：「好妹妹，明兒再給我做一個香袋兒吧。」黛玉說：「那就得看我高興不高興了。」

*賠不是：賠禮道歉的意思。
*老子：這裏指父親的意思。

紅樓夢

伍

賈元妃歸省慶元宵

　　為了營造這個省親別院，賈府真是做到人仰馬翻，除了大興土木之外，還派人到姑蘇採買了二十個女孩子，還聘請教練來教她們做戲。又因為新建的花園裏有一座尼庵，於是又買了十二個小尼姑和小道姑來，以後做一些唸經的功德事。另外有一個帶髮修行的蘇州姑娘，名叫妙玉，今年才十八歲，出身也是書香之家，模樣漂亮，文才也不錯，只因為從小多病，才入了空門*，王夫人也請人把她接來了。

　　皇帝批准元妃在元月十五日省親，但元月初八就有太監出來先看地方，何處更衣，何處談話，何處受禮，何處開宴，

*入了空門：指出家做和尚或尼姑。

還要派人教導賈府人員各種禮儀和注意事項。外面還有官兵打掃街道，驅逐行人，張燈掛綵。十四日這一夜，賈府全家人都沒有睡覺，直到十五日戌時*以後，皇家的儀仗隊才來。騎馬的、奏樂的，以及執雜物的一隊隊過去，最後由八個太監抬着一頂金頂繡鳳的轎子緩緩行來，賈母等連忙跪下迎接。

園外豪華，園內更是輝煌燦爛。湖邊點的都是水晶玻璃各色風燈，樹上開的都是綾羅絲絹製成的花。賈妃看了，也覺得太奢華浪費了。

賈母、王夫人對賈妃的到來，都執意要行國禮，跪在地上稱臣。賈妃親熱地把她們扶起來，幾個人心裏有許多話都說不出來，只管嗚咽對泣。賈政也隔着簾子參見賈妃，賈妃流着淚說：「田舍農夫，雖是清茶淡飯，還能享天倫之樂；現在雖然富貴，骨肉天各一方，又有什麼樂趣呢？」

元春以前在家的時候很鍾愛寶玉，於是便問他在哪裏。賈母說：「他沒有你的召諭，不敢進來。」元春就使太監叫他進來，寶玉行過國禮，元春便把他抱着，摸着他的頭說：「果然比以前長進了！」一語未了，又淚如雨下。賈政告訴元春，園裏的題名和對聯都是寶玉寫的。元春聽了十分高興，她一一過目，把園子的總名叫「大觀園」，其餘的題名

*戌時：晚上七時到九時。

該改的也就改了。

　　接着，元春又召見寶釵、黛玉和姊妹們，命她們各選一處地方題詩一首。詩成之後，元春都稱讚一番，又説：「究竟薛、林兩位妹妹文才出眾，我們姊妹的都比不上。」

　　晚上演過了戲，元春又給各人賞賜了許多東西。這時執事太監催走，元春不禁又流下淚來。她勸大家好生保重，如果明年有機會省親，就不必如此鋪張浪費了。

陸 寶玉逗笑編神話

　　賈府的少爺和小姐都有貼身的大丫頭和其他小丫頭，賈寶玉的貼身丫頭是襲人、晴雯、秋紋和麝月。襲人年紀比她們都大，又是賈母派來伺候寶玉的，她就對寶玉伺候得特別周到。黛玉對待這些丫頭，雖然是使喚她們，卻又相當關心她們，尊重她們。襲人看見寶玉不愛讀書，又喜歡和姑娘們說話，很不以為然，總想找個機會來規勸他。

　　這一天，襲人去她哥哥家，回來之後便哄寶玉說：「我媽媽要把我贖回去呢！」寶玉說：「你在這裏好好的，我請老太太和你媽媽說，多給她銀子，讓你留在這裏吧！」襲人說：「老太太決不會做這等叫人骨肉分離的事。」寶玉說：「那麼你去定了？」襲人說：「去定了！」寶玉心想：誰知道這

樣一個人薄情無義，便歎説：「早知道都是要去的，就不該把你弄了來，到頭來剩下我一個孤鬼！」說罷就賭氣上牀睡了！

過了一會兒，寶玉醒來，襲人見他淚流滿面，便説：「用不着傷心，你要留我，就依我説的話，若這樣，即使刀子擱在我脖子上，我也不出去的。」寶玉説：「你説吧，只求你們看着我，守着我，等我有一天化成了飛灰——飛灰還不好，還是有形有跡，等我化成了輕煙，風一吹便散了。那時候，誰也管不了誰，誰愛去哪裏就去哪裏！」襲人連忙掩着他的嘴説：「別説了，這就是我頭一件要你改的！」

寶玉説：「改就改，還有什麼？」襲人説：「第二件，不管你喜歡讀書也罷，不喜歡讀書也罷，首先不要譏笑那些讀書求功名的人，自己也要裝出一副愛讀書的樣子來，好叫老爺少生些氣！」寶玉説：「還有呢？」襲人説：「這才是最重要的，你不要再調脂弄粉和吃人家嘴上的胭脂了！」寶玉説：「都改！都改！」

第二天，寶玉到黛玉房裏探望，黛玉正在睡午覺。寶玉死乞白賴地睡在黛玉牀的對面。黛玉看見他腮上有一塊小血漬，便湊過來看，問他：「是給誰的指甲刮破的？」寶玉笑着説：「那不過是我給她們調製胭脂膏時染上一點兒罷了。」對襲人勸他不要再替人調脂弄粉的話，已忘得一乾二淨了。

突然，寶玉聞得一股幽香從黛玉的袖中散出，他就拉着

黛玉的衣袖，要看看裏面裝着什麼。黛玉説：「也許是衣服染上了衣櫃裏放的香氣吧。」寶玉説：「不是那樣的香味，是一種奇香！」黛玉冷笑説：「我又沒什麼羅漢真人給我的冷香，有的最多不過是俗香罷了。」寶玉説：「你這人我説一句，你就拉上那麼多句，非給你一點厲害不可！」説着就伸手向她的胳肢窩抓起來。黛玉笑得喘不過氣，就説：「寶玉，你再鬧，我就惱了。」寶玉才住了手，但還不斷的要聞香，黛玉卻用手帕蓋住了臉，要好好的睡一覺。

　　寶玉怕黛玉睡出病來，便設法逗她説説笑笑，最後，裝出正正經經地説：「你們揚州衙門有一個出名的故事，你可知道？」黛玉説：「什麼故事？」寶玉説：「揚州有一座黛山，山上有一個林子洞，洞裏有一羣耗子精。那一年臘月初七，老耗子召集了小耗子，對牠們説：『明天臘月初八，世人都煮臘八粥。臘八粥用的果子有五種：一紅棗、二栗子、三落花生、四菱角、五香芋，你們都要下山偷來。』牠拔下令箭説：『誰去偷紅棗？』一隻小耗子應聲去了，然後又是偷栗子、花生等等的，最後只剩下香芋了。老耗子問：『誰去偷香芋？』一隻極小極弱的耗子説：『我去！』老耗子看牠弱小無力，便不准牠去。小耗子説：『我身體雖小，卻是法術無邊，口齒伶俐，機謀深遠，保證比誰偷的都巧妙。』那些耗子問牠怎麼偷，牠説：『我會搖身一變，也變成一個香芋，滾到香芋堆裏面，人家聽不出、看不見，然後我用分身法搬

運，就把香芋都搬過來，豈不比直偷硬取好些呢？』眾耗子都説：『妙是妙，先變給我們看看吧！』小耗子説：『這有何難，等我變來！』牠搖身一變，竟變了一個最標緻美貌的小姐來。那些耗子説：『變錯了！變錯了！』小耗子説：『你們真沒有見過世面，只認得果子裏的香芋*，卻不知道鹽課*林老爺的小姐才是真正的香玉*呢！』」

黛玉聽了，就爬起身來，按住寶玉説：「我早知你是騙我的！」她擰得寶玉頻頻求饒説：「好妹妹，饒了我吧，我因為聞了你的香，才想起這故事來的。」

*香芋、香玉：在普通話裏，「芋」和「玉」同音，因此寶玉編這個故事來逗林黛玉，香玉，指黛玉。
*鹽課：古代的一種官職。

柒

黛玉聽曲懷身世

自元妃省親之後，賈府仍是喜事連連。薛寶釵十五歲生辰，賈母素來喜歡寶釵，就叫鳳姐給她擺酒慶祝。鳳姐迎合賈母的意思，特別叫戲子來演戲，寶釵又迎合賈母的意思，點的戲都是賈母喜歡的。

這時候，賈母娘家的史湘雲，就是賈母的內侄孫，也都來了。史湘雲是個才貌雙全的姑娘，文思敏捷，不在黛玉寶釵之下。她性情開朗，沒有什麼兒女態，因為自幼和寶玉玩慣了，更是無拘無束。寶釵是個善解人意的人，和她相處得十分融洽，黛玉也和她們一起吟詩下棋過日子。

不過，黛玉對寶釵總是懷有心事，有時黛玉有了誤會，傷心哭泣，寶玉就勸解她說：「你是個明白人，難道連『親

不間疏，先不曆後』這句話也不知道？頭一件，我們是姑舅姊妹，寶姐是兩姨姊妹，論親戚她比你疏；第二件，你先來，我們兩個一桌吃，一牀睡，長得這麼大了，她是才來的，我怎會為她疏遠你呢？」黛玉説：「誰叫你疏遠她！我成了個什麼人了？我為的是我的心。」寶玉説：「我也為的是我的心。難道你只知道自己的心，就不知道我的心嗎？」黛玉這才一語不發了。

元妃參觀大觀園之後十分欣賞，怕賈政會把這園子列為禁地，辜負了園林景致，便傳旨出來叫寶釵、黛玉、探春姊妹等人住進去，寶玉也隨着去讀書。於是，寶釵住了蘅蕪院、黛玉住了瀟湘館、迎春住了綴錦樓、探春住了秋爽齋、惜春住了蓼風軒、寶玉住了怡紅院。

寶玉開始十分高興，慢慢也就覺得無聊了，他的家僮茗煙便買了一些小説傳奇給他看。那一天正是暮春時候，他到了沁芳橋下，坐在石上翻開《西廂記》來看，看到了「落紅成陣」的句子時，恰巧一陣風吹過來，把樹上桃花吹落一大半，落得滿身、滿書、滿地皆是。寶玉要抖它，又怕給腳踩到，便用衣衫兜了那花瓣，再把它們抖在池裏。花瓣浮在水面，飄飄盪盪，流出沁芳橋閘去了。他回頭看見地上還有許多花瓣，正想該怎樣處理，只聽背後有人説：「你在這裏作什麼？」原來黛玉來了。

寶玉看黛玉肩上擔着花鋤，上面掛着紗囊，手裏拿着花

帚，便説：「好了，我們都把花掃到水裏好了。」黛玉説：「掃到水裏不好，閘內的水清，閘外的水濁，流出去就把花糟蹋了。我們不如把花裝到絹袋裏，埋在土裏，讓它在土裏腐爛，不更乾淨些麼？」寶玉説：「好極了，等我先把書放下來，再來掃花。」黛玉説：「什麼書？」

寶玉聽到黛玉這麼問，便慌慌張張、遮遮掩掩地説：「不過是聖人的書罷了。」黛玉説：「你搗什麼鬼，快給我看吧！」寶玉説：「妹妹，我不怕你看，但是你看了千萬別告訴別人。這真是好文章，你看下去恐怕連飯也不想吃呢。」

黛玉便把東西放下，接過書來看，越看越愛看，一口氣看了許多章，覺得詞藻警人，滿口餘香，看了還默默出神，心裏默默記着那些詞句。寶玉説：「妹妹，你説好不好？」黛玉説：「果然有趣。」寶玉便套用書裏的話説：「我是個多愁多病身，你就是那個傾國傾城貌。」

黛玉一聽，滿臉通紅，瞪起眼睛來指着寶玉説：「你真該死，好好的把這些壞書弄了來，還學了這些混帳話來欺負我，我去告訴舅舅、舅媽去！」轉身就要走。

寶玉急了，忙攔着她説：「好妹妹，就饒了我這一次吧！我要是有心欺負你，就讓我明兒掉在這個池子，給那癩頭黿吃了，變成一個大烏龜，等你將來做了一品夫人，病老歸西之後，我一輩子給你馱着碑文，趴在你的墳上吧。」説得黛

玉也笑了。兩人就好好的把花掃好、埋好，這時襲人正好奉賈母之命來找寶玉，他們二人就回去了。

　　寶玉走後，黛玉悶悶的一個人走着，路過梨香院的時候，聽到牆內笛韻悠揚，歌聲婉轉，那十二個女孩子正在演習戲文呢。黛玉起初沒注意，這時也斷斷續續地聽到了：「良辰美景奈何天，賞心樂事誰家院。」、「則為你如花美眷，似水流年……」不禁感從中來，站着不動，細細咀嚼「如花美眷，似水流年」幾個字，又想到了「流水落花春去也，天上人間」的詞句，一時感懷身世流起淚來。

捌

通靈寶玉救寶玉

　　話說賈寶玉有一個同父異母的弟弟，名叫賈環，是賈政的姨太太趙姨娘所生，稟性頑惡，連他的同胞姊姊探春也不喜歡他，丫鬟們也看不起他，只有一個丫鬟叫彩雲的對他好。有一天，王夫人叫他到房裏抄寫《金剛經》，恰值寶玉回來了，鳳姐也到來。寶玉跟平常一樣滾到王夫人懷裏撒嬌，王夫人諸多呵護他，賈環已經心裏不高興了，這時更見彩雲和寶玉搭話，心裏越是按不下那口氣，故意裝做失手，把一盞油汪汪的蠟燈向寶玉臉上一潑，盪得寶玉「哎唷」叫痛。王夫人急了，一面叫人給寶玉擦洗，一面大罵賈環，鳳姐卻笑：「我說環兒是上不得高台盤的，趙姨娘應該常常管教他才是。」一言提醒了王夫人，便叫人把趙姨娘叫來大大的數

落她一番。寶玉的臉燙出一串泡來，但他只說：「有些痛，不妨事，明日老太太問起來，就說是我自己燙的好了。」

但是趙姨娘懷恨在心，找了一個馬道婆，送了許多錢給她，叫她用些什麼紙人來作法暗害寶玉和鳳姐。果然，不過幾天，寶玉突然覺得頭痛要死，鳳姐也失了本性，最後二人都不省人事，一連三天睡在淋上，看着就要嚥氣，賈母哭得腸都斷了。

到了第四天早晨，賈家連棺木都買好了，忽然聽到外面隱隱有敲木魚的聲音，有人唸着佛，說有什麼中邪祟的都能醫治，賈母和王夫人馬上叫人請他們進來，原來是一個癩頭和尚和一個跛腳道人。賈政問他們是哪裏來的，那和尚說：「長官不須多問，我們聞得府上人口欠安，故特來醫治。」賈政問他們有什麼靈藥，那道人說：「你家現成放着稀世奇珍，何必問我們要靈藥？」他們便請賈政將寶玉戴的寶玉取出來，那和尚接過來：將玉撫摸一番，唸了兩首詩，說：

啊，你當年是：

天不拘來地不羈，心頭無喜亦無悲，

只因鍛煉通靈後，便向人間惹是非。

可歎你今天竟是：

粉漬脂痕污寶光，綺籠日日困鴛鴦，

沉酣一夢終須醒，冤孽償清好散場。

然後，他們對賈政説：「把玉高掛在室內，三十三天

後他們就會好的。」賈政想給他們謝禮，他們卻已飄然遠去了。

當天晚上，寶玉和鳳姐就蘇醒過來，說肚子餓了，賈母和王夫人便叫人快熬米湯來。

這時，寶釵、黛玉、李紈和探春姊妹等都在外間等候消息，一知道他們恢復知覺，別人未開口，黛玉就先唸了一句「阿彌陀佛」。寶釵回頭看了她半天，「嗤」的一聲笑起來。惜春說：「寶姐姐你笑什麼？」寶釵笑着說：「我笑如來佛比人還忙，要保祐人，才對寶玉鳳姐姐賜福，又要管林姑娘的姻緣了，你說好笑不好笑？」

黛玉不禁紅了臉，啐她說：「你學得那麼貪嘴惡舌，真不知該怎麼死！」一面說，一面掀簾子出去。

三十三天之後，鳳姐和寶玉果然身體復原了。

黛玉悲寫葬花詞

　　寶玉身體復原了，又照常一樣快快活活過日子。

　　可是黛玉這時卻遇上一件不愉快的事。有一天晚上，她到怡紅院找寶玉，寶玉的丫頭晴雯剛剛和碧痕吵了嘴，一聽敲門聲，也不聽清楚是誰就說：「寶二爺吩咐過的，誰也不許進來。」黛玉受了冷落心裏很難過，一會兒卻見寶玉和襲人等開了門送寶釵出來，害得她嗚嗚咽咽地回去，一夜沒睡。

　　第二天，是農曆四月二十六日——芒種節，當時有餞花神的習慣。姊妹們都在大觀園做餞花會，黛玉遲遲才來，寶玉跟她說話，她理也不理。寶玉知道她生氣了，就離開大家到瀟湘館看她，到了上次和黛玉一同埋葬桃花的地方。

這時他聽到了一陣嗚嗚咽咽的聲音，便站住腳來聽，原來哭的正是黛玉，她一面哭一面唸着她寫的詩──《葬花詞》：

花謝花飛飛滿天，紅消香斷有誰憐？
游絲軟繫飄春樹，落絮輕沾撲繡簾。
閨中女兒惜春暮，愁緒滿懷無釋處，
手把花鋤出繡閨，忍踏落花來復去。
柳絲榆莢自芳菲，不管桃飄與李飛。
桃李明年能再發，明年閨中知有誰？
三月香巢已壘成，樑間燕子太無情！
明年花發雖可啄，卻不道人去樑空巢也傾。
一年三百六十日，風刀霜劍嚴相逼，
明媚鮮妍能幾時，一朝飄泊難尋覓。
花開易見落難尋，階前悶煞葬花人，
獨倚花鋤淚暗灑，灑上空枝見血痕。
杜鵑無語正黃昏，荷鋤歸去掩重門。
青燈照壁人初睡，冷雨敲窗被未溫。
怪奴底事倍傷神，半為憐春半惱春：
憐春忽至惱忽去，至又無言去不聞。
昨宵庭外悲歌發，知是花魂與鳥魂？
花魂鳥魂總難留，鳥自無言花自羞。
願奴脅下生雙翼，隨花飛到天盡頭。

天盡頭，何處有香丘？

未若錦囊收艷骨，一抔淨土掩風流。

質本潔來還潔去，強於污淖陷渠溝。

爾今死去儂收葬，未卜儂身何日喪。

儂今葬花人笑癡，他年葬儂知是誰？

試看春殘花漸落，便是紅顏老死時。

一朝春盡紅顏老，花落人亡兩不知！

寶玉聽到了最後幾句「儂今葬花人笑癡，他年葬儂知是誰？」和「一朝春盡紅顏老，花落人亡兩不知！」一想到那花容月貌的黛玉也有消逝的一天，那麼連所有的姑娘們，就連自己，也會消逝，連目前這些庭、台、樓、閣也不知屬於何人，不知道怎樣才不叫人傷心，越想越哀，不禁哭倒在山坡之上。

黛玉聽到哭聲，心想：「人人都笑我有癡病，難道還有一個癡子不成？」她抬頭一看，見是寶玉，便說：「我以為是誰，原來是這個狠心短命的……」剛說到「短命」二字，又把口掩住，長歎一聲便走開了。

寶玉一直在後面跟着，說：「我有一句話，你聽了再和我分手吧！」黛玉便站住說：「那就請說說那一句話。」寶玉陪笑說：「兩句話你也聽吧？」黛玉回頭便走。寶玉在後面歎：「既有今日，何必當初！」

黛玉禁不住回過頭來問：「當初怎麼樣？今日又怎麼

樣？」

　　寶玉歎着説：「當初妹妹來的時候，我一直陪着妹妹玩。我心愛的東西，妹妹要，就讓妹妹拿去，我愛吃的東西，妹妹也愛吃，我就留給妹妹吃，我們同在一張桌子上吃飯，一張牀上睡覺，丫頭們照顧不到的，我怕妹妹生氣，都給想周到了。我只是想，我們既然一塊兒長大，就得和和氣氣，才顯得比別人好些。哪曉得妹妹長大了，認識的人多了，就不把我放在心裏。我自己沒有個同胞的親姊妹，也跟妹妹一樣，也是獨生的。我白白操了一番心，如今弄得有冤無路訴！」

　　黛玉聽了，不禁低下頭流起眼淚來。

　　寶玉又説：「我知道我是不長進的，但怎麼也好，我總不敢對妹妹不好，如果我有什麼不好，妹妹罵我兩句，打我兩下都行，不要這樣不理我，叫我摸不着頭腦，就是死了也成了屈死鬼啊！」黛玉聽到這些話，把昨晚的事都拋到九霄雲外去了。經過寶玉的解釋，兩人又和好如初。

拾

小小冤家互訴心聲

其實，説寶玉和黛玉吵架之後又和好如初是不大恰當的，因為他們每鬧一次，便增加了互相的了解，不但重新和好，而且比「初」時的「好」更好了。不過，他們也並不就此罷休，而是吵了一次又再來一次。

黛玉最大的心病是因為薛寶釵，而且又有「金玉良緣」之説，也就是説，寶釵的金鎖要配上帶玉的人。眼看着寶釵和寶玉朝夕相處，她心裏常常不快，往往向寶玉發脾氣，説什麼「你看見姐姐，就忘了妹妹了。」又説：「我走了，要回揚州去了。」又説：「我死了乾淨！」這時候就害得寶玉發毒誓，又説：「你死了我就當和尚去！」又把那塊寶玉拚命地往地上砸，要把它砸碎，還往往驚動了賈母、王夫人等

都來勸架，賈母說：「他們真是一對小冤家，不是冤家不聚頭呀。」

可是，黛玉本來就身子虛弱，鬧得多、哭得多、憂慮多，身體也就越來越多病了。

有一天，史湘雲來看襲人，寶玉正高高興興接待她，恰巧賈政要寶玉陪他見客，寶玉一面穿衣服，一面嘀咕。史湘雲說：「你這個性情就是改不了，你已經長大了，就算不願意讀書去考舉人進士，也該常常跟這些做官的人來往來往，日後也有好處，成天在我們女人堆裏有什麼出息呢！」寶玉一聽，便說：「姑娘，請到別的姊妹那裏吧，別在這裏弄髒你的大學問。」

襲人怕湘雲不好意思，便說：「雲姑娘，算了吧，上回寶姑娘也這樣對他說，話還沒有說完，他也不管人家臉上過得去不過得去，拔腳就跑了。若是林姑娘，就不知哭鬧得怎麼樣，只是寶姑娘很有涵養，臉紅一會兒，就完全過去了。可是，誰知道他反而對寶姑娘疏遠了。」寶玉接口道：「難道林姑娘會說這些混帳話嗎？如果她說過這些混帳話，我早就和她疏遠了！」襲人和湘雲都點頭笑說：「原來這是混帳話呢！」

這時候黛玉恰巧來看寶玉，站在外邊把這些話都聽見了。她不禁又驚又喜，喜的是寶玉果然引自己為知己，沒有辜負她的心意；驚的是寶玉居然不避嫌疑，在別人面前讚揚

她，她感動得流下淚來，也不便進去，回頭便走。

　　寶玉穿好衣服出來，看見黛玉在前面慢慢地走，好像抹着眼淚，便趕上前說：「妹妹，往哪裏去？怎麼又哭了，又是誰得罪了你？」黛玉勉強笑着說：「我沒有哭。」寶玉伸手替她抹眼淚，她卻向後退了幾步說：「我們大了，別動手動腳了！」寶玉牢牢地望着她說：「你別哭了，你放心吧！」黛玉怔了半天，才說：「我不明白你的意思，我有什麼不放心的？」寶玉點頭歎道：「好妹妹，你別哄我。如果你真是不明白我的話，不但我平日對你的心意白用了，連你平日對我的心意也辜負了，你皆因不放心的緣故，才弄出一身病來，只要你寬慰些，你身體也就會好一些的。」

　　黛玉聽到這一番話，好像頭上着了轟雷，打中了要害，竟比自己從肺腑中掏出來的還要懇切，心裏有千言萬語，卻半個字也吐不出來。寶玉呢，心裏也同樣有千言萬語不知從何說起，兩個人呆呆地互相望了半天，黛玉不禁又流下淚來，轉身便走。寶玉拉住她說：「別走，我還有一句話要說！」黛玉一面拭淚，一面將手推開他，說：「有什麼要說的？你的話，我早知道了！」就頭也不回地走了。

　　寶玉還在那裏呆呆地站着，剛巧襲人記起寶玉外出沒有帶扇子，就趕着出來把扇子帶給他。寶玉正在出神，竟把襲人當作黛玉，拉着她說：「好妹妹，我也有心事，不敢對別人說，現在大膽地對你說了，就是死也甘心。其實我為你也

害了病，只是不敢告訴人。只要你的病好了，我的病才會好的，我在睡夢裏總是忘不了你的。」

襲人聽了這話，一時魂飛魄散，大叫：「你中邪了，你說的什麼話？還不快去會客！」寶玉這才清醒過來，羞得滿面通紅，奪過襲人送來的扇子急忙跑了。

襲人回想剛才的話，都是寶玉對黛玉說的，她覺得事態嚴重，暗中想着怎樣去對付。

拾壹

賈政怒笞寶玉

寶玉閒着無事，愛和丫頭們説笑好玩，可不知卻惹出一個大禍來。

有一天，寶玉在王夫人房間，王夫人正睡午覺，她的丫頭金釧兒坐在旁邊侍候。寶玉給她一粒香雪潤津丹吃，又説：「明天我向太太説，叫你也到我那邊去。」金釧兒一時得意忘形了，就説：「你忙什麼，只要你願意，遲早都是你的。」

不料王夫人沒有睡着，聽到這句話便翻起身來，打了金釧兒一個嘴巴，罵她勾引寶玉，跟着又把金釧兒的媽媽叫來把金釧兒帶走。

過了不久，金釧兒便跳井自盡了。王夫人後悔不及，叫

人厚葬她，又把寶玉教訓了一頓。

　　寶玉聽説金釧兒自盡，心裏茫茫然十分難過，從王夫人房間出來，恰巧遇着賈政，賈政喝問他為什麼這樣垂頭喪氣。這時，忠順王正派人來找賈政，賈政不知是什麼重大事情。原來忠順王府裏有一個藝名叫琪官的男花旦蔣玉函最近忽然失蹤，聽説他和寶玉往來密切，就派人來查問。賈政聽了十分生氣，便質問寶玉。原來有一次薛寶釵的哥哥薛蟠強拉寶玉去吃酒行樂，在席上寶玉認識了琪官。琪官討厭薛蟠粗俗，反而把自己的汗巾送給寶玉。後來琪官偷偷從忠順王府走出來，在城郊買了房子自住，不願再在王府演戲了。但琪官是王爺特別喜歡的人，因此就來找寶玉查問。寶玉沒奈何只好承認和琪官有來往，把琪官住的地方告訴來人。

　　賈政這時正氣得目瞪口呆，一面送走王爺府的人，一面叫寶玉不要動，等他回來問話。這時，賈環正好在那裏亂跑亂叫，賈政便喝住他，還要打他。賈環怕父親打自己，便乘勢説：「我本來不想跑，不過因為井裏死了一個人，可怕極了！」賈政説：「死的什麼人？」賈環説：「我聽我娘親説，寶玉哥哥強姦金釧兒不遂，把她打了一頓，那金釧兒就氣得投井了。」

　　賈政一聽，氣得臉都發黃了，便叫人拿繩子來綑寶玉，拿大棍來要把他打死，並把各門都關上，警告誰去報告賈母

誰也得立刻打死。

　　賈政這一氣非同小可，連別人打寶玉他也嫌輕，奪過板子狠狠地打了幾十下。下人們急了，便去告訴王夫人，王夫人一來，賈政打得更狠，寶玉已不能動彈了。王夫人抱着板子說：「寶玉雖然該打，老爺也要保重，還有老太太呢。打死寶玉事小，老太太有什麼不測，那就事大了！」賈政還是叫着要用繩子勒死寶玉，王夫人就哭着說：「你要勒死他，不如先勒死我，我們娘兒倆到陰司也可以互相依靠。」她看見寶玉被打得鮮血斑斑，下身遍體鱗傷，更哭得悲悲切切，這時，王熙鳳和迎春姊妹們也都來了。

　　正在這時，丫鬟來報：「老太太來了！」只見賈母扶着丫頭氣喘喘地走來，說：「先打死我，再打死他，豈不乾淨了！」賈政跪下來請母親息怒，賈母越說越氣，罵賈政說：「你一定討厭我們在這裏，我不如回去，就沒有人管你打兒子了！」又對王夫人說：「你也別哭了，如今寶玉年紀小，你疼他，他將來長大成人做了大官，也未必想着你是他的母親了。你倒不如現在不要疼他，將來還會少生一口氣呢！」一面說着又一面催人打轎子回家去。賈政只好苦苦叩頭認罪，賈母一面說話，一面記掛寶玉，鳳姐叫人把寶玉抬到房間，賈政也跟了進去，一看果然打得太重了，只得又先勸賈母。賈母含淚說：「你不出去，還在這裏做什麼！難道於心不足，還要眼看他死了才成！」賈

政聽了這話，才退了出來。

於是，眾人把寶玉安放在牀上，為他請大夫治療。

拾貳

王夫人賞識襲人

　　寶釵看到寶玉傷重，就給寶玉送藥丸來，教襲人怎樣把藥敷上，又對寶玉説：「要是你早聽人家的話，就不至有今日。別説老太太心疼，就是我們看着，心裏也疼。」剛説出來，又把話咽回去，自悔説溜了嘴，連臉都紅了。

　　寶玉看到這樣，高興得把疼痛丟在九霄雲外，心想：我不過捱了幾下打，她們就對我這麼憐惜，我得到她們憐惜，就真的死而無憾了啊！

　　寶釵走後，寶玉的傷口像火燒一樣疼痛，到了黃昏時候才昏昏入睡，夢中聽到有人悲泣的聲音，睜眼一看，不是別人，正是黛玉，她的雙眼已哭腫得像桃子一樣。寶玉歎了一聲説：「你又跑來做什麼？太陽雖然落下去，但餘熱還未散，

你走來走去，恐怕又要感暑了。我其實不是很痛的，不過裝出樣子來哄哄她們，等她們説給老爺聽就是了。其實都是假的，你不要認真。」

黛玉沒有哭出聲，但是那咽着氣的無聲哭泣，比大聲哭出來更難受，聽了寶玉這番話，就連一句話都説不出來，好一會才抽抽咽咽地説：「你從此都改了吧！」寶玉聽到，便長歎一聲説：「你放心，別説這樣的話，我便為這些人死了，也是情願的！」這時候，外面有人來看寶玉，黛玉怕人看見她的眼睛，便急忙從後院出去了。

一會兒，人們都散去了，王夫人派個婆子來説：「叫個跟寶二爺的丫鬟到我那邊去。」襲人想了一想，便告訴晴雯和麝月，她有事到王夫人那裏，叫她們好好服侍寶玉。

王夫人見襲人來，便説：「怎麼你自己來？隨便叫一個丫鬟來就是了，你來了誰服侍二爺呢？」襲人説：「太太放心，二爺已安睡了，我怕太太有什麼吩咐，別人聽不清楚誤了事，這才來的。」王夫人説：「也沒有什麼特別事，只是想知道他現在還痛不痛就是了。」襲人説：「他敷了寶姑娘送的藥，已經好多了。」於是王夫人又拿出一些滋補身體的藥，和貴重的、外國進貢給皇室的香露也拿來，叫襲人帶回去。

跟着，王夫人又問襲人：「有句話我想問你，我聽説因為今天環兒在老爺面前説了寶玉的壞話，老爺這才動了氣

的。你聽過沒有？告訴我，我也不告訴別人是你說的。」

襲人怕惹是非，便說：「我沒聽過。」跟着她又說：「我想在太太面前大膽說一句話，只要太太不生氣。」王夫人說：「你就說吧！」

襲人說：「論理，我們二爺也須得老爺教訓教訓，否則將來不知道會做出什麼事來。」

王夫人說：「你說得對，我何嘗不想教他。只是我已經快五十歲了，只有他一個兒子，若管得太緊，出了什麼事，將來我靠誰呢！你是個明白道理的人，你還有什麼話想對我說？」襲人說：「我想太太最好想一個辦法，叫二爺搬出園外來住就好了。現在二爺大了，姑娘們也大了。林姑娘和寶姑娘又是姑表和姨表姊妹，男女該有個分別，不如預先防範，免得將來有什麼事，二爺一生的聲名品行都完了，太太也難見老爺呢！這事情我日夜擔心，不好說給別人聽，只有燈知道罷了。」

王夫人說：「我真真不知道你這樣好！我也有一句話給你，你既然今天說了這樣的話，我就把他交給你了。你得時刻留心他，保全了他，就是保全了我，我自然不會虧待你的！」

襲人高高興興地回到怡紅院，把香露調了給寶玉吃。可是寶玉一心惦記着黛玉，想叫人去看她，只是怕襲人，便設法把她支開了。

　　寶玉叫晴雯去看黛玉，說若是黛玉問起他，就說他好了。晴雯說：「無緣無故去，人家也怪呢，就說一句話或者送什麼去吧！」寶玉想了想，就伸手拿了兩條手帕交給晴雯，說：「就把這個送去！」晴雯說：「這更奇怪了，把舊手帕送她，她會惱你開她玩笑呢。」寶玉說：「你放心，她會知道的。」

　　晴雯到了瀟湘館，把手帕交給黛玉，黛玉想了一會才領悟過來，等晴雯走了，她便在燈下展開手帕，反覆觀看，想到自己怎麼常常愛哭，寶玉又怎樣關心她，就提起筆來，在手帕上寫了三首詩，其中一首是：

　　　眼空蓄淚淚空垂，暗灑閒拋卻為誰？
　　　尺幅鮫綃勞惠贈，叫人焉得不傷悲！

　　寫過了詩，黛玉覺得渾身火熱，到鏡前一照，見臉頰比桃花還紅，她的病開始加深了。

拾叁

探春喜結海棠社

　　寶玉的傷一天比一天好了，王夫人對襲人就更有好感，便稟明賈母，説襲人為人如何可靠，賈母自然也喜歡。那時候的有錢人家都是三妻四妾的，而且有一個習慣，男孩子未成年就先給他納一個小老婆，好好服侍他。王夫人一提到這個意思，薛姨媽就十分贊成。鳳姐迎合王夫人的意思，便説：「那就索性明明白白的把襲人正了名分吧！」王夫人説：「這倒不要，一則寶玉年紀還小，二則老爺也未必同意，只是把襲人的待遇提到趙姨娘她們那樣，大家就明白了。」從此，襲人自是感激不盡，對寶玉照顧得更周到了。

　　賈母怕賈政再打寶玉，便把跟賈政的僕人叫來，吩咐他：「以後如有會客等事，即使老爺説了，也不要傳上來，

就說這是我說的，一則打重了，還得休養幾個月，二則目前時辰對他不利，暫時不能出門。」寶玉一向討厭跟士大夫*交談，更不喜歡參加婚喪喜事的諸多應酬，這時便樂得逍遙自在，寶釵好意規勸他，他反而生起氣來，說：「好好的一個清淨潔白的女孩子，也學會了沽名釣譽，變成了國賊祿鬼之流！」只有黛玉從來不勸他做什麼揚名聲、顯父母等話，因此他對黛玉也越來越尊敬了。

有一天，寶釵想找寶玉閒談，寶玉睡着了，襲人正在旁邊坐着，一面拿蠅拍子給寶玉趕蚊蟲，一面給寶玉繡個兜肚，紅蓮綠葉，五色鴛鴦，十分鮮艷。襲人跟寶釵說了兩句話就離開了，寶釵不由自主地就坐在襲人坐的位置，拿起針線也繡起兜肚來。恰在這時，黛玉和湘雲也來了。黛玉眼尖，隔着紗窗看見寶釵這麼尷尬的樣子，忍不住掩着嘴，叫湘雲來看，湘雲本來想笑出來，但是一想到寶釵平常待她很好，不想讓黛玉取笑她，便拉着黛玉走開，黛玉心裏明白，就冷笑一聲，隨她去了。

寶釵渾然不知道她們兩人到來，只管低頭繡花。忽然聽見寶玉在夢中大罵：「和尚道士的話怎麼信得過！什麼是金玉姻緣，我偏說是木石姻緣！」寶釵不禁呆了，襲人一回來，她也就走了。

＊士大夫：古時稱做官的人為士大夫。

不久，賈政奉聖旨出京選才去了，寶玉就更加無拘無束，盡情玩耍了。

秋天來了，跟着而來的就是一些賞心樂事，探春忽然想組織詩社，不但迎春、惜春、寶玉、黛玉、寶釵都參加了，連李紈也自動要把她的稻香村作為社址，自己當起社長來。當然，大家還要請湘雲參加，這樣的詩社沒有她是不行的。

黛玉説：「既然成立了詩社，那麼我們都是詩人了，我建議把這些『姐妹叔嫂』的稱呼都改了，才不俗。」

於是大家各各起了別號，李紈叫「稻香老農」，探春叫「蕉下客」。探春説：「我已給林妹妹想了一個最恰當的美號。從前娥皇女英灑淚在竹上成斑，因此斑竹又名湘妃竹，如今你住的是瀟湘館，館裏有許多竹，你又愛哭，就叫『瀟湘妃子』吧。」大家聽了，都拍手叫好，黛玉也沒説什麼。

寶釵呢，李紈給她的封號是蘅蕪君。

寶玉急了，説：「你們都有了，我呢？」

寶釵起先説就叫無事忙，後來又説：「天下有兩種事最難得，就是富貴和閒散，你就叫『富貴閒人』吧！」寶玉説：「不敢當！不敢當！」黛玉説：「你既住怡紅院，就叫『怡紅公子』吧！」眾人都説很好。後來湘雲來了，也起了個「枕霞舊友」的別號。

恰巧這時寶玉有個族侄賈芸送來了兩盆白海棠，這個詩社便叫海棠社。

　　詩社成立了，大家便高高興興分題作詩，比賽高低。寶釵、黛玉、湘雲的詩總比其他人好，在一次詠菊花詩會上，黛玉的詩被評為冠軍，她的詩總是不落俗套，比較出色的。

新雅文化事業有限公司

香港筲箕灣興鎮道3號

東滙廣場9樓

新雅文化事業有限公司
Sun Ya Publications (HK) Ltd.

www.sunya.com.hk　　查詢電話：(852) 29766559

新雅畫迷會 參加表格
Sun Ya book Club

成為會員可享多項 精選優惠，其中包括：

- 到指定門市及書展可獲購書優惠
- 最新優惠及活動資訊
- 參加有趣益智的書迷活動
- 收到會訊《新雅家庭》

★ 請填妥此表格並郵寄至新雅文化事業有限公司市場部（地址載於背頁）★

姓名：_____ 性別：_____

出生日期：_____ 年 _____ 月 _____ 日 年齡：_____

日間聯絡電話：_____ 傳真：_____

學校：_____

電郵：_____

職業：□ 學生 □ 家長 □ 教師 □ 其他 _____

教育程度：□ 小學以下 □ 小學(__年級) □ 中學(F.__)
　　　　　□ 大專 □ 其他 _____

從哪本書獲得此書迷會表格：_____

地址(必須以**英文**填寫)：_____ Room(室) _____ Floor(樓)

_____ Block(座) _____ Building(大廈)

_____ Estate(屋邨/屋苑)

_____ Street No.(街號) _____ Street(街道)

_____ District(區域)HK/KLN/NT* (*請刪去不適用者)

以上會員資料只作為本公司記錄、推廣及聯絡之用途，一切資料絕對保密。

拾肆 劉姥姥酒醉大觀園

不久，又是秋高氣爽的時候。京城外面有王狗兒一家人，務農為生。這王狗兒的祖父王成曾經在京裏做過官，當時他見王夫人的父親在京裏官高勢大，就和他聯了宗。不過，後來王成死了，他家又搬回郊外耕種過日子。到了王狗兒那時，家裏便越來越窮。王狗兒的外母劉姥姥是一個飽經世故的老婆婆，經他的女婿懇求，她便到賈府去看看能不能從賈府得到周濟。幾年前，劉姥姥帶着外孫板兒到賈府，見了鳳姐，鳳姐客氣地接待她，又告訴她，賈府雖然表面看起來很風光，家大業大，其實大有大的難處，並不是別人想像中那麼好的，但最後還是給了她一些銀兩，鳳姐的丫鬟平兒也給了她一些銀兩和衣服，劉姥姥就高高

興興地回去了。

今年秋天，劉姥姥家裏收成比較好，便摘了一些蔬菜瓜果送到賈府來。

恰巧賈母聽到劉姥姥到來的消息，頓時興起，説：「我正想找個老人家聊聊天，就請來見見面吧。」

平兒領了劉姥姥和她的外孫來到賈母房裏，只見滿屋裏珠圍翠繞，花枝招展一大羣人，一個老婆婆靠在睡榻上，一個好美麗的姑娘給她捶腿，劉姥姥便知道那人是賈母了，就跟她請安。賈母也欠身問好，問她今年多大，劉姥姥説：「七十五了。」賈母説：「這麼大的年紀，還這麼健朗，你還比我大幾歲，我要到那麼大年紀，還不知動不動得呢。」劉姥姥笑着説：「我們生來是受苦的人，老太太是生來享福的。若我們也這樣，那麼莊稼活就沒有人幹了。」賈母説：「什麼福？不過是老廢物罷了。」説得大家都笑了。賈母愛聽劉姥姥説鄉下事物，就留她在賈府住幾天。

第二天，賈母帶着劉姥姥到大觀園各處遊玩，劉姥姥從沒看見過這樣的豪華架勢，到一處，讚一處。鳳姐為了討賈母歡心，便跟賈母的貼身丫鬟鴛鴦合計教劉姥姥逗賈母開心——給劉姥姥插得滿頭都是花，還教她吃飯時應怎樣怎樣，劉姥姥都聽從了。

吃飯的時候，家人都齊集了，賈母叫劉姥姥跟她一起坐。鴛鴦故意在劉姥姥面前擺上一對象牙鑲金的筷子，鳳姐

把一碗鴿子蛋擺在劉姥姥面前。賈母說一聲「請」，劉姥姥便站起來，高聲說：「老劉，老劉，食量大如牛，吃個老母豬不抬頭。」自己卻鼓着腮，不動不笑。眾人起先愣了一下，後來一想，上上下下都哈哈大笑起來。湘雲撐不住，一口飯都噴出來了；黛玉笑得透不過氣，伏着桌子「哎唷唷」的叫；寶玉早滾到賈母的懷裏；賈母笑得摟着寶玉叫心肝；王夫人笑得用手指着鳳姐，只說不出話來；薛姨媽也撐不住，口裏的茶噴了探春一裙子；探春手裏的飯碗卻飛到迎春身上；惜春離開了座位，拉着她的奶媽給她揉腸子。丫鬟們無一不笑得彎腰哈背，有的躲到外面蹲着笑，也有的忍着笑上來替她們姐妹換衣裳。

鳳姐和鴛鴦卻忍着不笑，只管請劉姥姥吃鴿子蛋。劉姥姥拿起那鑲金的筷子，那金筷子沉甸甸的不聽使喚，便說：「這裏的母雞嬌，連下的蛋也是這麼小巧的。」鳳姐說：「這蛋一兩銀子一個呢，快快吃，別讓它冷了。」劉姥姥夾了半天，好不容易才夾起一個，伸長脖子正要吃，那鴿子蛋卻滑到地上，她慌忙放下筷子要撿起來，早被丫頭撿了去，她歎說：「一兩銀子，響也沒響一聲就沒了。」

賈母便說：「你們誰把這金筷子拿出來，快換過吧。」眾人便給換了。劉姥姥道：「去了金的又是銀的，到底不及我們家的稱手。」鳳姐說這銀筷子是試菜裏有沒有毒的，劉姥姥說：「這菜裏有毒，我們那些都成了砒霜了，哪怕毒死

也要吃完呀。」賈母便讓劉姥姥多吃些小菜，劉姥姥只覺得每樣都是見所未見，更別説嘗過了。

為了討賈母歡心，鳳姐和鴛鴦在吃酒時偏要行酒令。什麼是酒令呢？就是用一副「天九牌」，選出一個令官，抽出一張牌，就輪到某一個人説一句押韻的話，詩詞、歌賦、成語、俗話都行。鴛鴦做這行令官，先從賈母開始。鴛鴦抽出了一張天牌，鴛鴦説：「左邊一張天。」賈母就説：「頭上有青天。」一直到各個姊妹都説過了，到了黛玉，恰好又是天，鴛鴦説：「左邊一個天。」黛玉説：「良辰美景奈何天。」鴛鴦説：「中間錦屏顏色俏。」黛玉便説：「紗窗也沒有紅娘報。」黛玉説到這些話時，寶釵便回頭望望她。

到了劉姥姥，她卻笑着説：「我們莊稼人，閒着的時候也玩這個的。」鴛鴦抽出一張牌，説：「中間三四綠配紅。」劉姥姥説：「大火燒了毛毛蟲。」鴛鴦説：「湊成一枝花。」劉姥姥説：「花兒落了結個大矮瓜。」又把眾人逗得哈哈大笑起來。

眾人又連哄帶勸，讓劉姥姥喝了許多酒，賈母叫丫鬟們帶劉姥姥到大觀園逛逛，她一時大便急了，丫鬟們指示她到山石後面。她大便了許久，出來時丫鬟都走了。她四處看看，只見都是樹木山石、樓台房舍，竟迷路了，轉過兩個彎，見到有一個房門便走了進去。只見迎面來了一個女孩子，劉姥姥便笑説：「姑娘們把我丟下了，叫我碰到這裏來！」説

着，就過來拉那女孩子的手，那知道「咕咚」一聲，撞到板壁上，原來那只是一張美人畫呢。

劉姥姥歎了一聲，轉過身，看到一個小門，掀開簾子進去，只見她的親家母也從對面走過來，她便對親家母説：「怎麼你也來了？還戴了滿頭的花？」她伸手一摸，原來這竟是面鏡子，這個鏡子是活動的，一推開，卻看見一張精緻無比的牀，她已經覺得迷迷糊糊，就倒在牀上睡着了。

原來她睡的正是寶玉的牀，襲人聽見鼾聲如雷，走過來只聞得酒屁臭氣滿屋，就急忙把她推醒，送她出去，再用香花把房子燻過。

熱鬧了兩天，病倒了的倒是賈母，她覺得太勞累，便叫人好好的送了銀兩和衣服，打發劉姥姥回家。

拾伍

寶釵智服林黛玉

　　一天，寶釵和黛玉到寶玉住處吃過早飯，到了分岔路口，寶釵叫黛玉說：「顰兒*跟我來，有一句話要問你。」黛玉便跟她到了蘅蕪苑，寶釵坐下來便說：「你跪下，我要審你！」黛玉說：「你這寶丫頭瘋了，審問我什麼？」寶釵冷笑說：「好一個三步不出閨門的千金小姐，說過什麼話，只管認了吧。」

　　黛玉說：「我何曾說過什麼來？你不過吹毛求疵罷了。」寶釵說：「你還裝傻，昨天行酒令的時候，你說了些什麼話？」黛玉這才想到昨天一時粗心，竟把《牡丹亭》和《西

*顰兒：黛玉的小名。

廂記》的話説了兩句，便羞得滿臉通紅，摟着寶釵説：「好姐姐，你千萬不要再跟別人説，我以後再不説了！」

寶釵這才拉黛玉坐下來，慢慢地告訴她：「你把我當什麼人？我也是個淘氣的。我家藏書很多，我們家的孩子都不愛看正經的書。《西廂記》這類書，他們背着我看，我也背着他們看，後來給大人知道了，打的打，罵的罵，燒的燒，才丟開了。所以我們女孩子家，不認得字倒好。男人們讀書明理，可以輔國治民，讀了邪書，心術就變壞了。你我本來都只該作些針線紡織等事的，偏偏又識了字，識了字那就揀些正經的書看就好了，最怕是看了這些雜書，移了性情，就不可救了。」

一席話説得黛玉口中稱是，心中佩服。

這時，李紈派丫頭來請她們到稻香村議事。原來昨天賈母叫惜春把大觀園畫出來，惜春要向詩社請假，詩社同仁還對惜春畫的畫很感興趣，提出許多意見供她參考。寶釵是無所不知的，便讓寶玉開一個單子，把繪畫要用的材料都列了出來，顏料、碟子、盤子、沙鍋，列了幾十種。黛玉笑着説：「寶姐姐大概想得糊塗了，把自己的嫁妝單也寫上去了！」探春説：「寶姐姐，你還不擰她的嘴。」

寶釵走上來把黛玉按在炕上，便要擰她的臉。黛玉笑着説：「好姐姐，饒了我吧！顰兒年紀小，説話不知輕重，求姐姐饒過我，姐姐不饒我，我還求誰呢！」寶釵知道黛玉説

的是指那雜書的事，便說：「怪不得老太太疼你，眾人愛你伶俐，現在我也疼你了。」就把黛玉放過了。

黛玉是個天真純潔的姑娘，從此對寶釵感激不盡。她身體虛弱，常常咳嗽，寶釵不時到瀟湘館看她，又對她說：「飲食可以養生，你如果天天吃一兩上等燕窩熬粥，保管比藥還好。」

黛玉說：「你一向待人極好，過去我因為多心，一直認為你心裏藏奸，如今知道錯了。我母親去世得早，又沒有兄弟姊妹，我長了十五歲還沒有一個人像你前天這樣教導我的。我是無依無靠住到外婆家，平常請醫生吃藥已叫別人麻煩，現在再要吃燕窩，人們就會嫌棄我了。」寶釵說：「既然如此，我就把家裏的送給你幾兩吧，省得勞師動眾。」黛玉又感激地說：「事情雖小，難得你多情如此！」

從此，黛玉便把寶釵當作親姊妹一樣。寶玉知道了，也為黛玉高興。

拾陸

羣芳齊集大觀園

　　過了不久，賈府又來了幾家親戚：薛寶釵的堂妹薛寶琴和她的哥哥薛蝌，李紈的兩個堂妹李紋和李綺，還有寧國府邢夫人的侄女邢岫煙也來了。

　　這些人都是年青俊俏的，到賈府來暫住一段時間，使那大觀園生色不少。寶玉自然高興到不得了，連老太太賈母也說：「正奇怪昨兒晚上燈花開了又爆了，原來應了今天的喜事。」鳳姐更迎合賈母的意思，大肆招呼，忙上加忙。黛玉見了，先是歡喜，跟着想到眾人都有親眷，只有自己孤單一人，不免又背人垂淚，寶玉深知道她的性情，勸慰了她一番方罷。

　　在這一羣新來的人中，薛寶琴是最人才出眾的。她的父

親做官被派往全國許多省份，她都跟着，她不但詩才敏捷，而且見聞很廣，因此對姊妹們介紹她的見聞，很受大家歡迎，她也深深敬重黛玉的才華。探春看見來了這樣的才女，便擴大詩社，史湘雲當然聞風而來。在那雪花飄飄的銀色世界裏，組織了聯句──就是一首長詩，限了韻腳，一人說兩句。那個薛蟠搶來的小姑娘香菱，剛跟黛玉學習如何作詩的，也參加了聯句，好不熱鬧。畢竟，詩才最高的還是黛玉、湘雲、寶琴和寶釵，幾個人搶盡了鋒頭，爭在別人前面，簡直像比賽一樣，你追我趕，不分勝負，從來尊重女孩子的寶玉，更加甘拜下風了。

賈母最愛薛寶琴，剛來就認她作了孫女，又把最名貴的孔雀裘送給她。寶琴披上孔雀裘在雪中漫步，簡直就像仙女一樣，賈母有意給寶玉說親，向王夫人問起她的八字。鳳姐知道賈母的意思，便婉轉地說她已許配給梅翰林的兒子，這次到京城來也是為了送親的，賈母只好死了這條心。

冬至才過，除夕又來，賈府照例又要大事鋪張地全家大小去拜祭祖宗祠堂，祭祀他們的祖先、國家功臣賈演和賈源兩人。在這個大典禮中，布置的：金碧輝煌；穿着的：朝衣朝服、綾羅綢緞；吃的：大排筵席、山珍海味；看的：連台好戲；打賞人家的：用大籮大籮裝的錢。典禮用的銀子就像倒水一樣。每年這個時候，皇上總有百兩黃金的賞賜，佃戶們也把租金和貢物交來，可是所有的收入加起來也已明顯不

羣芳齊集大觀園

　　夠用了。跟着又是過年，一直鬧到元宵過後，夜夜笙歌，天天設宴，從表面看來，只見一片繁華景象，看不出衰敗之氣。

　　王熙鳳是賈府的當家人，她非常精明能幹，管理着上上下下二三百人的大家庭，不管情況多複雜，都弄得井井有條。不過她為人刻薄寡恩，對賈母、王夫人等雖然奉承備至，對下人則未免無情了。而且她又是工於心計的人，這樣大權在握，少不免也做些自私自利的事，比如，誰給她送禮較厚，她就把有利可圖的差事派給誰做。她有許多錢財經手，便把錢放高利貸，飽自己的私囊。

　　由於她為人好勝，好顯露自己的才華，攬了很多事來做，新年過後，她便病倒，本來懷了孕，也流產了。

　　鳳姐病了，這麼大的家當沒人管，大家非常着急，王夫人便請了探春和寶釵合着照管。這兩位小姐年紀雖小，辦起事來卻精明，不但公平合理使人佩服，而且對下人也有各種優惠，雖然她們只管理了短短一個時期，卻受到大家稱讚。

拾柒

紫鵑戲言試寶玉

　　一天，寶玉到瀟湘館看黛玉，恰巧黛玉睡午覺，寶玉不敢驚動她。寶玉看見紫鵑在走廊上做針線活，便跟她閒聊，問黛玉身體可好，又看見紫鵑身上只穿着薄棉襖，順手向她身上摸了一下，説：「穿這麽薄的衣服，還在風口裏坐着，連你都病了，那就更麻煩了。」紫鵑便説：「從今以後，我們只許規規矩矩地説話，再別動手動腳，我們一年比一年大了，怎麽可以跟小時候一樣？林姑娘常常叫我們不要和你説笑，你沒看見她近來避開你惟恐不夠嗎？」説着，拿起針線到房裏去了。

　　寶玉心裏好像給人澆了一盆冷水一樣，獨自坐在桃花樹下的石頭上出神，眼中流淚發起呆來。過了好一會，雪雁

從外面回來，以為他生病，便蹲下來問他：「你在這裏做什麼？」寶玉對她說：「你又來招惹我做什麼？難道你就不是女兒家？她既然避嫌疑，不許你們理我，你快走開吧，免得又惹是非了。」雪雁只當他受了黛玉的委屈，回到房裏來，才知道黛玉還在睡午覺，便對紫鵑說了。紫鵑一聽，連忙放下針線，一直來到寶玉跟前。

寶玉還在哭，紫鵑含笑對他說：「我說的兩句話也是為着大家好的，你卻賭氣跑到這當風的地方來哭，要弄出病嚇我！」寶玉說：「誰賭氣了！我因為聽你說的有理，你們既這樣說，別人也會這樣說，將來誰也不理我了，所以我越想越傷心。」紫鵑挨着他坐下來，寶玉便笑說：「剛才避開我，現在為什麼又挨我坐着呢？」他不再哭了。

接着，寶玉就談到黛玉的病，說已在老太太面前露過口風，現在每天送一兩燕窩過來，這樣吃上兩三年，病就會好了的。

寶玉說到這裏，紫鵑便說：「在這裏吃慣了，明年回家，哪有閒錢吃這個？」寶玉大吃一驚，連忙問：「你說的是誰？回哪個家去？」紫鵑說：「你的林妹妹回蘇州去！」寶玉笑說：「你又瞎說，蘇州雖是妹妹原籍，妹妹因為姑父姑母都去世，沒有人照顧才來的，明年回去找誰？」

紫鵑冷笑一聲說：「你太看小人了！只有你們賈家族大人多，別人就只有一父一母不成？我們姑娘來時，原是老太

太心疼她年紀小，雖有叔伯，但不如親父母，才把她接來住幾年，大了該出閣時，自然要送還林家的，難道林家女兒要在你賈家一世不成？林家也是世代書香之家，再窮也不會把自家姑娘丟在親戚家裏，惹人恥笑的。所以早則明年春天，遲則秋天，這邊不送去，林家那邊也一定有人來接的。前天姑娘就叫我告訴你，把從前小時候她送給你的東西都打點出來還給她，她也將你送她的都打點好在那裏呢。」寶玉聽了，好像頭上打了個旱天雷一樣，紫鵑要看他怎樣回答，他總不作聲。

這時，恰巧晴雯到來找寶玉回去。紫鵑笑說：「他在這裏問林姑娘的病症，我跟他說，他總不信，你把他拉回去吧。」說着，便走回房間去了。

晴雯看見寶玉呆呆的，一頭熱汗，滿面紫脹，便拉他回到怡紅院。襲人一見，便慌了起來。起初只以為他感冒風寒發了燒，可是，後來看見他兩眼發直，連口角流出口涎來都不知覺，給他枕頭，他便睡下，扶他起來，他便坐着，倒了茶來，他便吃茶，眾人便都慌作一團，不敢去告訴賈母，先請寶玉的奶娘李嬤嬤來。李嬤嬤來了，問他話，他也不回答，用手指在他嘴唇上的人中大力掐了兩下，掐出兩個很深的指印，寶玉也不覺得痛。李嬤嬤只說了一聲「可不得了！」然後「呀」的一聲，便摟着寶玉放聲大哭起來，又捶牀搗枕說：「這可不中用*了，我白操一世心了！」襲人等都以為李嬤

*不中用：這裏指不好了、糟糕了的意思。

嬤年老經驗多才請她來看，現在聽見她這樣説，便都信以為真，也大哭起來。

晴雯把寶玉起病的經過告訴襲人，襲人忙到瀟湘館來見紫鵑，紫鵑正在服侍黛玉吃藥。襲人也顧不了那麼多，便走上來問紫鵑説：「你剛才和我們寶玉説了什麼？你看看他去，你自己去告訴老太太吧，我也不管了。」

黛玉看見襲人又哭又惱，舉止大變，不免也慌了，便問是怎麼一回事。襲人説：「不知道紫鵑説了些什麼話，害得那呆子眼也直了，手腳也涼了，話也不説了，李嬤嬤掐着他也不痛，連李嬤嬤也説他不中用，只怕這會子*都死了！」

黛玉一聽，「哇」的一聲把喝過的藥都吐了出來，摧肝裂腸似的大咳了幾陣。一時，面紅髮亂，目腫筋浮，喘得抬不起頭來。紫鵑連忙給她捶背，黛玉哭着推她説：「你不用捶了，乾脆用繩子把我勒死吧。」紫鵑哭着説：「我並沒有説什麼，不過説了幾句頑話，他就認真了。」襲人説：「難道你還不知道他那傻性，總是把頑話當真的！」黛玉説：「你説了什麼話，趕快去跟他解釋，也許他就會醒來，快快過去吧！」

紫鵑聽黛玉這麼一説，就連忙跟襲人到怡紅院去。

*這會子：指現在的意思。

　　紫鵑到達怡紅院，賈母和王夫人等人都已在那裏了。賈母一見紫鵑，眼中出火，便罵她道：「你這小丫頭，和他說了什麼？」紫鵑說：「並沒說什麼，不過幾句頑話。」寶玉一見紫鵑，方「哎呀」一聲哭出來，眾人這才放下心。

　　賈母以為紫鵑開罪了寶玉，便拉住紫鵑到寶玉跟前，叫寶玉打她。哪知道寶玉一把拉住紫鵑，死也不放，說：「要去連我也帶了去！」大家不知道是怎麼一回事，細問起來，才知道是由紫鵑說要回蘇州去一句話引起的。

　　賈母流着淚說：「我還以為有什麼大事，原來是這麼一句頑話！」又對紫鵑說：「你一向是最聰明伶俐的，你又知道他有個呆根子，平白的哄他做什麼？」薛姨媽也勸說：「寶

玉對人一副熱心腸，和林姑娘兩個一起生活了這麼多年，比別的姊妹更不同，這時候說她要離開，別說他這傻孩子，連冷心腸的大人也要傷心。這不是什麼大病，老太太和姨太太都好好休息，他吃一兩劑藥就會好的。」

正說着，丫鬟來報管家林之孝的妻子看寶玉來了。寶玉一聽林字，便滿淋鬧起來，說：「不得了！林家的人接他們來了，快打出去吧！」賈母聽了，也忙說：「快打出去吧！」又安慰寶玉說：「那不是林家的人。林家的人都死絕了，沒人來接她的，你只管放心吧！」寶玉哭說：「憑他是誰，除了林妹妹外都不許姓林！」賈母說：「沒姓林的來，凡是姓林的，我都打發走了！」一面吩咐眾人，今後連林字也不許說，眾人都唯唯諾諾，卻不敢笑。

這時，寶玉又見到櫃子裏擺放着一艘金的西洋船，便指着亂叫：「那不是接他們的船來了？」賈母忙叫人拿下來，襲人就拿了下來。寶玉伸手要，襲人遞過去，寶玉便把船收到被子裏，嘻嘻地笑着說：「這可去不成了！」一面說，一面死拉着紫鵑不放。

這時，大夫來了，說只是一時急痛迷心，沒有大礙，開完方子就走了。寶玉還是不放紫鵑走，夢裏還不時哭鬧，過了兩天才好。到了沒人在旁的時候，寶玉才問紫鵑為什麼要那樣嚇他，紫鵑說：「林姑娘待我好，我也一刻都捨不得離開她，我才怕她走呢。這是我要試試你的，怕你只是口頭對

我們好，將來眼裏沒有我們！」寶玉説：「原來愁這個，你真是比我還傻。以後別愁了，告訴林姑娘吧，活着，我們一處活着；不活着，我們一處化灰化煙如何？」

紫鵑見寶玉精神好了，便又回到瀟湘館來。她誠誠懇懇地對黛玉説：「姑娘，我真心真意替你愁了好幾年了，你是無父無母無兄弟的，不如趁着老太太身體還健朗的時候就給你作主，定下這終身大事，不然老太太沒了*，你就會給人欺負了。難得寶玉和你是從小一塊兒長大的，脾氣性情彼此都知道，真是『萬兩黃金容易得，知心一個也難求』呀！」黛玉不好意思地説：「你怎麼去了幾天就變成另一個人？別囉嗦了！」其實黛玉心裏也暗自傷感，免不了又哭了一夜。

過了幾天，寶釵到瀟湘館來看黛玉，恰巧薛姨媽也在那裏閒談。薛姨媽説到最近她的侄子薛蝌跟邢岫煙訂了親的事，薛姨媽説：「這就叫做『千里姻緣一線牽』，有一個月下老人，暗中用一根紅絲把兩個人的腳絆住，就使你兩人隔着海，隔着國，甚至有世仇的，也終於有機會成為夫妻。若月下老人沒有用紅線拴住的，就算年年在一處，本人同意了也好，終究不能在一處，比如你們兩姐妹的婚姻，此刻也不知在天南地北呢。」

寶釵伏在她媽媽懷裏笑：「媽媽説話動不動就扯上我

*沒了：即去世的意思。

們。」

薛姨媽又說：「老太太前陣子想把我們寶琴許給寶玉，但是寶琴已有了人家*了。老太太這樣疼愛寶玉，他又長得那麼俊，外來人家未必配得上，不如把林妹妹定給他，那才登對呢！」

黛玉紅着臉，只管說別的。紫鵑忙跑出來說：「姨太太既有這主意，為什麼不跟太太說去？」薛姨媽呵呵笑着說：「你這孩子急什麼？想必是催着你姑娘出了閣，你也要早些尋一個小女婿去了！」紫鵑也羞紅了臉說：「姨太太真個倚老賣老起來！」便轉身去了！

黛玉卻笑着說：「誰叫你多管閒事，活該！」

薛姨媽母女和屋裏的婆子丫鬟都笑起來，婆子們說：「姨太太雖是頑話，卻也不差呢，姨太太肯做媒，這頭親事是千妥萬妥的！」

薛姨媽說：「只要我出主意，老太太必定喜歡的。」

*有了人家：這裏是指訂了親的意思。

拾玖

林黛玉重組桃花社

這陣子，賈家出了一樁喪事。

寧國府的賈敬，也就是賈政的堂兄，平時迷信，以為拜星斗、練氣功、吃仙丹便可長生不老。他相信一班道士煉製金丹，終於送了性命。死了之後，肚子堅硬似鐵，面皮和嘴唇都燒得焦裂。賈家只好說他已升天，報告朝廷，朝廷因為他祖父有功於國，便把他追封五品，要朝中大臣王公以下的都去致祭。

賈敬的靈位設在賈府的鐵檻寺內，賈敬的兒子賈珍和媳婦尤氏要跟着家人到鐵檻寺守靈，便請了尤氏的繼母尤老娘和兩個妹妹尤二姐、尤三姐來幫忙照管家務。

賈璉是一個好色之徒，看見尤二姐長得嬌媚動人，便託

賈珍和賈蓉父子說合，騙尤二姐嫁給他，在外邊租一間房子居住，暫時瞞着鳳姐。

賈珍本來也想調戲尤三姐的，但是尤三姐不像她姐姐那麼軟弱，拒絕了他，聲言只想嫁柳湘蓮。賈珍沒奈何，只好聽從她。柳湘蓮是寶玉的朋友，他人品瀟灑，行蹤飄忽，一時愛逢場作興扮演小生，一時又像俠客一樣鋤強扶弱。恰巧最近薛蟠在平安州遭遇賊劫，湘蓮憑藉他的武藝把賊人驅散了，跟薛蟠一道回京。薛蟠非常感激他，說一定要為他尋一門好親事。他們在路上和賈璉相遇，賈璉便給尤三姐做媒，柳湘蓮非常高興，把隨身帶着的鴛鴦劍作為聘禮，託賈璉交給尤三姐。

柳湘蓮回京後先探望賈寶玉，將定親的事告訴他。寶玉說：「大喜！大喜，那尤三姐是個絕色佳人，堪和你匹配！」柳湘蓮問寶玉怎麼知道，寶玉說在寧國府看見過她。柳湘蓮便頓腳說：「這事不好！你們東府*裏，只有那兩個石獅子是乾淨的！」寶玉紅了臉說：「你既深知，又來問我做什麼？連我也未必乾淨了！」

柳湘蓮馬上到尤老娘那裏，假說姑母已給自己訂了親，要求退婚，請尤三姐把鴛鴦劍還給他。尤三姐知道湘蓮聽了閒言閒語，自己無從辯白，就當着湘蓮的面拔出鴛鴦劍自殺

*東府：指寧國府。

了。柳湘蓮大哭起來，說：「想不到尤三姐是這麼剛烈的人，真是可敬！是我沒福消受！」後來他也當和尚去了。

尤二姐一直癡心地以為賈璉是一個可以託付終身的人，後來事情洩漏了，鳳姐又甜言蜜語把她騙進賈府來，然後事事給她難受，最後尤二姐就吞金自盡*了。

不過王鳳姐卻像什麼事也沒發生一樣，這事雖在賈府裏掀起一場風波，但風波平息了，誰都忘記了。

這些月來，李紈和探春要幫鳳姐打理家務，接著又過年過節，許多雜事，把詩社的事情擱置了。寶玉近來因為柳湘蓮當了和尚，尤三姐自刎，尤二姐被逼死，覺得毫無情緒，有時還有點癡呆，襲人她們都不敢告訴賈母，只是想辦法逗他開心。

忽然有一天，湘雲叫丫鬟來說：「快到瀟湘館來，讀一首好詩。」

寶玉到了那裏，發現黛玉、寶釵、湘雲、寶琴都在，她們拿著一篇詩看，又叫大家到稻香村去。寶玉看看那首詩，是：

桃花行

桃花簾外東風軟，桃花簾內晨妝懶。簾外桃花簾內人，人與桃花隔不遠。東風有意揭簾櫳，花欲窺人簾不捲。桃花

*自盡：即自殺的意思。

簾外開仍舊，簾中人比桃花瘦。花解憐人花也愁，隔簾消息風吹透。風透湘簾花滿庭，庭前春色倍傷情。閒苔院落門空掩，斜日欄杆人自憑。憑欄人向東風泣，茜裙偷傍桃花立。桃花桃葉亂紛紛，花綻新紅葉凝碧。霧裹煙封一萬株，烘樓照壁紅模糊。天機燒破鴛鴦錦，春酣欲醒移珊枕。侍女金盆進水來，香泉影蘸胭脂冷。胭脂鮮艷何相類，花之顏色人之淚。若將人淚比桃花，淚自長流花自媚。淚眼觀花淚易乾，淚乾春盡花憔悴。憔悴花遮憔悴人，花飛人倦易黃昏。一聲杜宇春歸盡，寂寞簾櫳空月痕。

　　寶玉看了，並不稱讚，癡癡呆呆，竟要滾下淚來，又怕眾人看見，忙自己拭了。寶琴問他：「你猜這詩是誰做的？」寶玉說：「當然是瀟湘妃子。」寶琴說：「是我的呢！」寶玉說：「不是你的，你根本不會作此傷感句。」

　　他們到了稻香村，將詩給李紈看了，她也稱讚不已。趁着現在是仲春*天氣，大家議定把海棠社改名為桃花社，還推選黛玉做社主呢。

　　到了暮春*時節，空中柳絮紛飛，正引起大家的詩興，但這一次他們卻不是做詩而是填詞，以柳絮為題，每人填詞一首，以燒一枝香的時間為限。各人都依時完成，只有寶玉，寫了卻嫌不好，再重寫時香已盡了，只好認輸。

*仲春：農曆二月。
*暮春：農曆三月。

這次填詞最出色的又是寶釵、黛玉和湘雲。

寶釵的詞是：

臨江仙

白玉堂前春解舞，東風捲得均勻。蜂圍蝶陣亂紛紛，幾曾隨逝水，豈必委芳塵？

萬縷千絲終不改，任他隨聚隨分。韶華休笑本無根，好風頻借力，送我上青雲。

黛玉的是：

唐多令

粉墜百花洲，香殘燕子樓。一團團逐對成球。飄泊亦如人命薄，空繾綣，說風流！

草木也知愁，韶華竟白頭！嘆今生，誰捨誰收？嫁與東風春不管，憑爾去，忍淹留。

湘雲的是：

如夢令

豈是繡絨殘吐，捲起半簾香霧。纖手自拈來，空使鵑啼燕妒。且住，且住！莫使春光別去！

眾人都說：寶釵的最好；但纏綿悲戚，卻是瀟湘妃子；而情致纏綿，則是枕霞*。

探春只寫了半首：那是

---

*枕霞：指湘雲。湘雲別號「枕霞舊友」。

南柯子

空掛纖纖縷，徒垂絡絡絲，也難綰繫也難羈，一任東西南北，各分離。

寶玉看見，就提筆續下去：

落去君休惜，飛來我自知。鶯愁蝶倦晚芳時，縱是明春再見，隔年期！

大家笑說：「這首雖好，是續別人的，不能入選。」笑了一回，大家又放風箏。寶玉放的是美人風箏，老是放不起來，急得滿頭是汗，他恨恨的把風箏摔在地下，指着風箏說：「要不是個美人兒，我就一腳踩個稀巴爛了。」

黛玉的風箏飛得高，但風力緊，她手力弱，一鬆手，只聽「豁喇喇」一聲，風箏隨風去了。丫鬟們都說：「好了，林姑娘的病根兒都放了去了！」大家仰面而望，風箏只在藍天上剩下一點點兒，都說：「有趣，有趣！」

寶玉當然也心情開朗起來，雖然聽說賈政快要回家，又要把書拿來溫習，做些功課，不敢多玩，但也高興多了。

貳拾

苦晴雯被逐身亡

賈母房子裏有一個專幹粗活的丫頭，年方十四，生得體肥面闊，心性愚頑，説話常常惹人發笑。賈母喜歡她，便給她起名為「傻大姐」，時不時聽她説笑開心。有一天，這傻大姐到園裏掏蟋蟀玩，忽然看見一個五彩香袋兒，上面繪的裸體畫，她覺得很特別，想拿給賈母看，那知道給邢夫人看見了，便嚇她説：「不要告訴人，連你都打死呢！」傻大姐慌忙走了。

邢夫人又把這事告訴王夫人，認為事態非常嚴重。王夫人又認為那些丫頭們長得嬌妖輕浮，會把寶玉引壞了，於是就把大觀園內姊妹們的房間都搜查一遍，看看有哪些不正經的東西和不正經的人。

　　寶玉房裏的丫鬟晴雯長得比較俊俏，體態風流，還有點像黛玉，王夫人平時看她不慣，這時晴雯正在生病，樣子更惹人可憐。王夫人不管寶玉會如何難過，竟把她拉了出來趕回家去，連另一個叫四兒的丫頭，姿色不及晴雯一半的也都趕走。那十幾個唱戲的女孩子中，有個叫芳官的比較伶俐過人，王夫人也一併叫她走了。

　　晴雯哭哭啼啼帶着病回家，她是一個孤兒，十歲便被賣到賈府。她嫂子對她十分刻薄，寶玉見她出去心裏非常難過，偷偷到她家裏問病。看見她家徒四壁，沒人關心，連喝一口冷茶都沒人理她，覺得愛莫能助。寶玉離開之後，晴雯便病死了。

　　寶玉聽小丫鬟告訴他晴雯死去的消息，更是傷心不已，那小丫鬟便哄他說，晴雯姊姊告訴我，她不是死，是玉皇大帝叫她到天上管芙蓉花，如今她是芙蓉花神了。寶玉這才轉悲為喜，說：「是的，這樣的花，也需要她這樣的人去管，只可惜我們從此不能見面了。」

　　於是，寶玉就認認真真地寫了一篇叫「芙蓉誄*」的文章，到芙蓉花前恭恭敬敬地行禮，把祭文一字一字地唸給晴雯聽。這時，驚動了黛玉走出來，細看那祭文，也就只有她一人對晴雯深表同情。

＊誄：哀悼死者的文章，稱為誄。

至於那芳官已覺得萬念俱灰，那些女戲子中也有幾個看破紅塵的，要求賈府讓她們當尼姑去，不再學戲了。

其實，敗壞賈家門風的卻不是她們。寧國府那裏，賈珍借學射箭為名，聚集那些不務正業的公子哥兒、親戚朋友，鬥雞走狗、賭錢、喝酒、近女色，無所不為。賈政卻看不見，還說：「不學文就學武，也是好的。」

不過，使寶玉傷心的，還不只這些。

寶玉的二姊妹迎春，性格溫柔婉順，她是賈赦的姨太太所生，賈赦的太太邢夫人並不很疼她。京中有一個軍人家族出身的子弟叫孫紹祖，生得相貌魁梧，弓馬嫻熟，善於應酬，年齡不滿三十。賈赦認為他門當户對，孫紹祖也樂於和賈府這樣富貴之家攀親，賈赦就將迎春許配給他，擇好日子便嫁過去了。

誰知道過了不久，迎春回到家裏哭哭啼啼地訴苦説：「這孫紹祖真是無恥之徒，一味知道好色、好賭和酗酒，我勸他還被他罵呢。」寶玉聽了，便央求王夫人説：「我們央求老太太把二姊姊接回來，不再受那混帳東西的氣吧！」

王夫人説：「你又説呆話了，常言説：『嫁雞隨雞，嫁狗隨狗』，女孩子嫁出去就是靠碰運氣的了。哪能個個像你大姐姐做貴妃娘娘呢。這事千萬別讓老太太知道，你只管用心讀書就是了。」

寶玉十分無奈，只好跑到瀟湘館來，對着黛玉放聲大

哭，說：「我真想不通，人到了大的時候為什麼都要嫁人，嫁了人，又要受這樣的苦！我們當初姊姊妹妹在一起，何等熱鬧。現在，園中光景*已經變了，再過幾年，又不知怎樣呢！」

　　黛玉聽到這番話，把頭低下來，退到炕上，一言不發便躺下去了。

*光景：這裏是指環境和人物的意思。

貳壹 林黛玉瀟湘驚惡夢

一天晚上，黛玉正在看書。寶釵這時已跟她母親搬出了大觀園，因為她哥哥薛蟠要娶親，已另找房子住了。寶釵使一個婆子把一包蜜餞荔枝送給黛玉，那婆子一看到黛玉，眼睛便死盯着，後來還對雪雁說：「原來林姑娘真是長得跟天仙一樣的，除了寶二爺，誰能配得上呢！」說完就走了。

黛玉卸妝上牀後想起婆子的話，心想：「自己身體不好，年齡也漸大了。寶玉對自己雖好，但是老太太和舅母又不見有半點主意，父母在時為什麼就不給自己定下這頭婚事呢？」她歎了口氣，掉了幾點淚便睡着了。

矇矇矓矓中，黛玉聽到小丫鬟說：「南京有人來接姑娘。」說着，只見鳳姐同王夫人、邢夫人、寶釵都來了，說：

「我們一來道喜,二來送行。」黛玉説:「你們説的是什麼話?」鳳姐説:「你還裝什麼呆?難道你不知道你父親升了官,娶了一個繼母,現在將你許配給繼母的什麼親戚,還説是續弦,現在派人來接你,一到家就要過門的。」

黛玉這時恍惚覺得父親並沒有死,真是在那裏。看見她們都只管催她,心裏着急,心想只有求老太太了,便跪下來抱着賈母的腿説:「老太太救我!我死也不去,我寧願跟着老太太的。」但是賈母板着臉冷冷地説:「不關我的事,做了女人,總得出嫁的,你在我家住着,終非了局*。」

黛玉又説:「我在這裏情願做奴婢過活,自做自吃……老太太,你向來是最慈悲的,又是最疼我的,到了緊急的時候,怎麼全不管了呢?我娘是你的親生女兒,念在我娘的份上,也該救救我呀!」可是賈母完全不理她。

黛玉沒奈何,想尋個自盡,忽然想起來:寶玉在哪裏?看他有辦法沒有。她一想到寶玉,便見寶玉站在前面笑嘻嘻地説:「妹妹大喜呀!」黛玉急了,拉住他説:「好!寶玉,我今天才知道你是個無情無義的人!」寶玉説:「我怎麼無情無義?你既許了人家,我們各幹各的去好了。」黛玉説:「好哥哥,你叫我跟誰去?」寶玉説:「你要不去,就在這裏住着,你是許了我的,所以你才到我們這裏來。我待你是

*了局:指最後的歸宿。

怎樣的，你也知道！」

黛玉恍恍惚惚又像曾許給過寶玉似的，又轉悲為喜，便問寶玉：「你到底叫我去不去？」寶玉說：「我說叫你住下，你不信我的話，就看看我的心！」說著，就拿著一把小刀往胸口上一劃，只見鮮血直流，黛玉慌得用手握著寶玉的心窩哭著說：「你怎麼做出這種事來，先殺了我吧！」但寶玉還是用手在心窩裏亂抓，說：「不好了！我的心沒有了，活不成了！」說著，眼睛往上一翻就倒下來。

黛玉拚命放聲大哭，只聽紫鵑叫她：「姑娘，姑娘，快醒來，怎麼魘住了？快快醒來吧！」她才知道是一場惡夢。喉間還是哽咽，心上還是亂跳，枕頭上已經濕透，肩背冰冷。一時痛定思痛，又哭了一回，只聽得外面淅淅颯颯，又像風聲，又像雨聲，一夜裏翻來覆去，到剛剛矇矓想睡時，聽得竹枝上的鳥兒啾啾唧唧叫個不住，窗上的紙漸漸透進清光，天已亮了。紫鵑聽到黛玉咳個不停，便醒過來替黛玉換痰盒，一看，痰裏有些血星，不覺失聲說：「哎喲，這還了得！」黛玉在裏面問：「是什麼？是痰裏有什麼嗎？」紫鵑說：「沒有什麼。」說這句話時，她心裏一酸，眼淚直流，聲音也帶哽咽了。

黛玉因為喉間有些甜腥，早已疑惑，聽見紫鵑的語調便猜中幾分，心中不禁冷了半截，再想到那惡夢，更覺得心酸，病也越來越重，紫鵑就稟告鳳姐請醫診治去了。

貳貳 試文字寶玉始提親

最近，賈家發生了一件不愉快的事，就是貴妃娘娘賈元春病了，宣召幾個親人進宮問候，賈母帶着幾個媳婦進宮去。元妃傷心地説：「我們反不如小家子*，父母兄弟可以常常見面。」

跟着元妃又問寶玉的近況，賈母告訴她，因為父親逼他讀書，現在也專心向學，會寫一些文章了。元妃説：「這樣才好。」過了幾天，元妃的病漸漸好了，大家也就放心了。

賈政真的是嚴格地督促寶玉讀書，又親自面試他，不過試的是作詩，寶玉當然應付得來，賈政的賓客更加大事讚揚。

*小家子：這裏指普通的平民家庭。

賈母對賈政説到娘娘如何關心寶玉，賈母又叮囑賈政説：「如今寶玉也大了，你們也該留神，找一個合適的女孩子給他定了親，這也是他的終身大事。」賈政只有連聲稱是。

跟着，賈政有一個姓王的門客對賈政説：「做過南韶道*的張大爺有一位小姐，生得德容功貌俱全，此時尚未訂親，張大爺又沒兒子，家資巨萬，但是要富貴雙全的人家，女婿又要出眾才肯作親。我瞧着寶二爺的人品學業那麼出眾，家門又這麼顯赫，若我過去一説，一定成功。聽説那張家還和你們赦老大爺是姻親呢。」

賈政一問，原來這張家與賈赦的太太邢夫人是有親戚關係的。

第二天，邢夫人到賈母這邊來請安，王夫人便把張家提親之事一面稟報賈母，一面問邢夫人。邢夫人説：「聽別人説，他家就這麼一個姑娘，嬌慣得很，不肯嫁出去，怕受公婆的氣，必須女婿過門去料理家務。」賈母不等説完，便説：「這斷斷使不得，我們寶玉別人伺候他還不夠呢，倒給別人當家去，別提了！」

鳳姐後來知道了，便笑嘻嘻地對賈母説：「不是我當着老祖宗、太太面前説句大膽的話，現放着天配的姻緣，還用到別處找？」賈母説：「在哪裏？」鳳姐説：「一個寶玉，

*南韶道：古代的一種官職。

一個金鎖，老太太怎麼忘了？」

這當然很合賈母的心意了。

後來，賈母又說：「只是寶玉和林丫頭從小在一起的，現在還擱在一塊兒，就不好了。林丫頭有乖僻，況且身子這麼虛弱，恐怕不會長壽，只有寶丫頭和寶玉最妥。」

王夫人說：「女孩兒家長大了，哪個沒有自己的心事？倘若她知道寶玉跟寶丫頭訂親……」

賈母說：「自然先給寶玉娶親，再把林丫頭嫁出去。斷沒有先顧外人，後顧自己的。你們既然這樣說，就不要把寶玉訂婚的事給林丫頭知道好了。」

鳳姐立即吩咐丫鬟們，不許把寶玉和寶釵訂婚的事說出去，否則要給厲害她們看。

試文字寶玉始提親

貳叁

聽謠言黛玉害病

薛蟠娶的妻子叫夏金桂，是一個潑辣而狠毒的婦人，她帶來的丫頭寶蟾也跟她差不多。薛蟠是好色之徒，得隴望蜀，又收了寶蟾做妾。夏金桂和寶蟾二人嫉恨香菱，用盡辦法折磨她，還逼着薛蟠叫人把香菱賣掉。後來寶釵便叫香菱過去跟她住在前面，不再到後面去。夏金桂很恨寶釵，但是寶釵端莊持重，説話又有分寸，夏金桂無法得逞，便對薛姨媽和薛蟠天天鬧，大吃大喝，尋生覓死，無所不為。薛蟠深悔娶了這惡婆娘，便出門做生意去。不過，他這霸王的氣欲還是不改，在一個酒家喝酒時使性子殺了酒保，被抓到官府裏，薛姨媽急得什麼似的，派薛蝌到處活動，想用錢收買有關的人，同時也託了賈府的人在官府方

面說話，一家子亂得人心惶惶。

就在這時，賈母和王夫人對薛姨媽提到寶玉和寶釵的婚事，薛姨媽十分滿意，當場答應了。然後，她回家再徵求寶釵的意見，說道：「雖是你姨媽說了，我還沒應準，說等你哥哥回來再定，你願意不願意？」寶釵反而正色地對母親說：「媽媽這話說錯了，女孩兒家的事情是由父母作主的。父親不在，當然由媽媽作主；再不然，問哥哥，怎麼問起我來？」這一說，薛姨媽當然也更歡心，而寶釵從此也沒有再提寶玉兩字了。

寶釵可沒有忘記黛玉，還特意叫人送了一封信給她。在信裏訴說她最近的家庭變故使她多麼的煩惱，想到只有黛玉才是她的同心，可以同情她，還寫了幾首情感纏綿的詩，說什麼「吟覆吟兮，寄我知音。」黛玉這時身體稍好些，看了這信，便想：寶姐姐不寄別人，單寄與我，也是「惺惺惜惺惺」的意思吧！因此，又勾起對自己身世的感傷，坐下來寫詩回答她，又譜成琴譜。

有一天，黛玉彈琴的時候，恰巧寶玉來了，聽她的琴音非常哀怨，寶玉便勸她說：「琴雖是清高之品，卻不是好東西，只能彈出憂怨的東西來，再者，彈琴也得心裏記譜，未免費心，依我說，妹妹身子又單弱，不操這心也罷了！」黛玉說：「古來知音人有幾個？」

寶玉覺得出言冒失，怕又得罪黛玉，心裏有許多話欲言

又止，只好告別。

黛玉送寶玉出去，自己悶坐在牀上，卻在揣摩着：「寶玉近來説話吞吞吐吐，也不知是什麼意思。」

正在這時，她聽到雪雁和紫鵑在外面説話。雪雁説，她剛到探春那裏，探春的丫頭侍書告訴她寶玉已訂了親，是一個姓王的做的媒呢。黛玉的心情好像沉到大海裏一樣，她左右打算，不如早些死了，免得眼見這不如意的事情。打定了主意，要把自己的身子一天一天的糟蹋起來，衣也不加被也不蓋，飯也不吃，到半月之後，連粥都不能吃了。

紫鵑和雪雁都驚慌得很，眼看着黛玉沒救了，紫鵑便去稟告賈母，留下雪雁一個人在家。這時，侍書又奉了探春之命探望黛玉來了。雪雁以為黛玉睡了，便又問起寶玉定親的事來，侍書説：「哪裏就定了呢？我聽二奶奶説，那是門客討老爺喜歡説的。她還説，寶玉的事，老太太心裏早有人了，就在我們園子裏住的，總是要親上加親的。」

到紫鵑回來時，黛玉便已醒來，精神爽利的叫紫鵑倒茶給她喝。賈母和王夫人、鳳姐等到來看她時，她再不是病危的樣子了。

原來侍書的話黛玉都聽見了，第一，她知道寶玉沒有定親；第二，她想到在園子裏，又是親上加親的，一定就是自己——她怎能想到那是寶釵呢！

賈母見黛玉的病來得奇去得快，便猜出了八九分，更嚴

令下面的人，不要把寶玉的事告訴黛玉。

可在此時，府裏卻發生了一件奇怪的事。

貳捭 賞海棠寶玉失通靈

這件奇怪的事是什麼？就是怡紅院裏的海棠花已經枯萎了一年，這時突然開起花來。海棠一般是在暮春三月開花的，而這時卻是冬天呢！

於是眾人議論紛紛，有人覺得花開得不及時，不一定是好兆頭。但是，賈母卻認為是喜事的象徵，叫人擺了酒席喝酒賞花，還叫寶玉、賈環和賈蘭做詩呢。

寶玉看着海棠，忽然憶起了晴雯死時正是這海棠枯萎的時候，到現在海棠枯枝再發，可是晴雯卻不能死而復生，便覺得悲從中來。

等人們都散去之後，寶玉也把衣服換過，襲人突然發現寶玉脖子上的通靈寶玉不見了，便問：「那塊玉呢？」

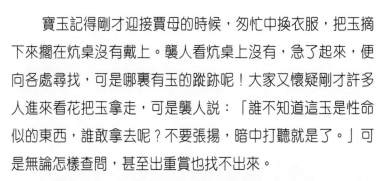

寶玉記得剛才迎接賈母的時候，匆忙中換衣服，把玉摘下來擱在炕桌沒有戴上。襲人看炕桌上沒有，急了起來，便向各處尋找，可是哪裏有玉的蹤跡呢！大家又懷疑剛才許多人進來看花把玉拿走，可是襲人說：「誰不知道這玉是性命似的東西，誰敢拿去呢？不要張揚，暗中打聽就是了。」可是無論怎樣查問，甚至出重賞也找不出來。

事情被王夫人知道了，覺得事情嚴重。寶玉怕王夫人怪罪襲人和丫頭們，便說：「沒什麼，我是在外頭丟失的。」可是王夫人記得寶玉沒有出過去，便叫加緊找玉，連外面的當舖也查過，怕有人把玉偷去典當，結果也沒有。上上下下都慌了，只是瞞着賈母和賈政。

王夫人聽說妙玉會扶乩*，便請邢岫煙請她來扶乩。只見紙上出現了一首詩：

噫！來無跡，去無蹤，青埂峯下倚古松。欲追尋，山萬重，入我門來一笑逢！

邢岫煙問妙玉是什麼意思，妙玉也不懂。李紈、探春等又紛紛研究，認為是：「一時要找是找不到的，不過並沒有丟失，要出來時就自然會出來了。」只是青埂峯在哪裏呢？那是仙機，就沒人知道了。但是，一天一天過去，寶玉也變

* 扶乩：扶乩是一種迷信的人用來請神的方法。將尖錐懸掛在一個木架上，由兩人扶着，錐自動在沙盤上寫字，作為神對人的答話，可卜凶吉又作為開藥方的方法。

得一天比一天糊塗，不言不語，憨憨傻傻的。

恰在這時，來了一件更不幸的事，就是元妃娘娘病危，召賈母等進宮，見了面竟連一句話都說不出來就逝世了。賈家遭到這等意外的事，人人都悲哀不已，賈母等還要按照朝廷禮制，天天進宮守喪。

襲人見寶玉越來越糊塗了，急得團團轉，到瀟湘館請黛玉過來開導。哪知道黛玉自從以為自己已許配寶玉後，便不好意思見寶玉，同時對寶玉失玉的事反而不像別人那樣着急，心想，或者那些「金玉良緣」的話，也因他的姻緣而拆散，因此不太在乎了。

襲人請探春去勸寶玉，那知探春這時也心事重重。那天海棠開花，她便認為是不祥之兆，跟着不幸的事情一件接一件發生──寶玉丟失了通靈寶玉；元妃突然逝世；而她的舅舅王子騰，即王夫人的哥哥，剛剛榮升內閣大學士奉旨進京，離京還有二百里路程，就在路上病死了。探春感到家道不祥，天天愁悶，哪有心情去勸慰寶玉呢！

寶釵自然也知道寶玉失玉的事，她因為已許配了寶玉，不好意思過問，裝得好像與自己毫不相干似的。

元妃的喪事辦完了，賈母空閒些。襲人扶着寶玉過來請安，賈母一看，寶玉竟是那麼神不守舍的樣子，看來病得不輕，便追問襲人和王夫人，她們知道瞞不住，只好照實說了。

　　賈母知道了，特別緊張，叫人在街上張貼告示，如果有人拾得通靈寶玉，就賞給一萬兩銀子，報信的也有五千兩。

　　這樣的重賞引起了許多人注意，甚至有人仿造了各種假寶玉來，但是那真的通靈寶玉卻始終沒有下落。

　　這時，賈政卻忽然接到升官的消息，皇帝任命他為江西糧道。不過這個喜訊來得不及時，賈母合家為寶玉失玉的事擔憂時，他卻要匆匆起程赴任了。

　　賈母這時便把自己的打算告訴賈政，她說：「我昨天派人去給寶玉算命，那算命先生說，要娶個金命的人幫扶他，必須沖喜*才好，不然恐怕保不住。你一去江西，不知道幾年後才回來，我們在這裏就給寶玉辦了這親事好不好？」

　　賈政看見寶玉目光無神，有了癡呆之像，着實心疼，又看到賈母年過八旬，心中只有這一個寶貝，便站起來說：「老太太想得極是，一切都按照老太太的主意去辦好了。」

*沖喜：一種古老迷信，用辦喜事來化解已發生或將發生的凶險事情。

賞海棠寶玉失通靈

貳伍

掉包兒鳳姐設毒計

　　寶玉的婚事議定了，襲人聽到後首先是很高興，因為她從來都是對寶釵有好感的，但是繼而一想：寶玉心裏只有一個林姑娘，如今把他配了薛姑娘，撂開林姑娘，現在他人事不知猶自可，倘若明白些，只怕不能沖喜，竟是催命了，我再不把話說明，那豈不是一害三個人了麼？

　　於是襲人到王夫人那裏，跪下來哭着把這事說出來，王夫人也感到為難，便啟稟賈母，請她出主意。

　　賈母正在和鳳姐議事，賈母聽了，半天沒說話，但鳳姐想了一下，卻說：「我有一個辦法，不知道你們同意不同意。」王夫人說：「你說出來吧。」鳳姐說：「這只有用掉包兒的辦法了。就是不管寶玉明白不明白，告訴他，老爺做主將林

妹妹許配他，但實際上讓他跟寶釵行大禮，這不就是掉包兒嗎？」賈母說：「這麼做也好，只是難為了寶丫頭。如果洩露出去，林丫頭又怎麼樣呢？」鳳姐說：「外頭一概不許提起，有誰知道呢？」賈母同意了。

　　過了兩天，黛玉早飯後帶着紫鵑想到賈母那裏請安，剛剛出了瀟湘館，忽然想起忘記帶手絹，便叫紫鵑回去拿。她慢步到了沁芳橋附近，看到一個濃眉大眼的丫頭在那裏哭。黛玉說：「你叫什麼名字？為什麼在這裏哭？」那丫頭說：「我叫傻大姐兒。姑娘評評理，我只是說了一句話，就被珍珠姐姐打，你說該不該？」黛玉說：「你說錯了一句什麼話呢？」傻大姐說：「就是為了我們寶二爺娶寶姑娘的事情！」

　　黛玉聽了這句話，好像頭上響了一個疾雷，定了定神，便問她：「寶二爺娶寶姑娘，她們為什麼要打你？」傻大姐說：「我哪知道她們為什麼，我只說了『又是寶姑娘，又是寶二奶奶，將來該怎麼叫呢？』這麼一句話。林姑娘，我這句話害着珍珠姐姐什麼？她就打了我一巴掌，說上頭不許把事情說出去，說我偏不聽上頭的話！」說着，又哭起來。

　　黛玉此時的心裏，竟是油兒、醬兒、糖兒、醋兒倒在一起似的，甜、苦、酸、鹹，竟說不上是什麼味兒，說了一聲：「你別混說，叫人聽了，又要打你了，你去吧！」她轉身要回瀟湘館，那身子竟有千百斤重，兩隻腳卻像踩着棉花一樣，早已軟了。

掉包兒鳳姐設毒計

　　紫鵑取了手絹回來，看見黛玉臉色雪白，身子恍恍蕩蕩*，眼睛直直的，在那裏轉來轉去，便趕上來輕輕地問她：「姑娘要上哪裏去？」黛玉說：「我問問寶玉去。」紫鵑聽了摸不着頭腦，只好攙着她到賈母的房間來。

　　這時，賈母飯後正在睡覺，襲人看見黛玉來了，便讓*道：「姑娘，屋裏坐吧！」黛玉笑着說：「寶二爺在家麼？」襲人正要答話，卻見紫鵑在黛玉身後指着黛玉，呶呶嘴兒，又搖搖手兒，襲人就不敢亂說，黛玉也不理會她，一直走進房間。寶玉坐在那裏，兩個人也不打招呼，也不說話，只管坐着，臉對臉，嘻嘻地傻笑。

　　忽然，黛玉先開了口，說：「寶玉，你為什麼病了？」寶玉便笑道：「我為林姑娘病了。」襲人和紫鵑兩人嚇怕了，連忙用話來岔開。紫鵑催着黛玉回去，黛玉站起來，瞅着寶玉只管笑，只管點頭。紫鵑又催她說：「姑娘回家去歇歇吧！」黛玉說：「可不是！我這就是回去的時候了！」說着，便回身笑着出去，也不讓紫鵑攙扶，走得飛快，到了瀟湘館，身體往前一栽，「哇」的一聲，吐出一口鮮血來！

　　紫鵑把黛玉安置在牀上，賈母知道了，帶着王夫人和鳳姐來看黛玉，只見黛玉神智昏沉，氣息微細，不斷地咳嗽，

---

*恍恍蕩蕩：形容人突然受到很大的精神打擊，神思不定，身體搖搖晃晃的神態。

*讓：讓，禮讓。這裏指請客人到屋裏坐的動作和言語。

痰裏都是有血的。黛玉微微睜開眼睛,看見賈母在旁邊,便氣喘吁吁地説:「老太太,你白疼我了!」

　　賈母一聽此言,十分難受,便説:「好孩子,你養着吧,不怕的。」她一面叫大夫來看黛玉,一面走出來,告訴鳳姐等人:「我看這孩子的病,不是我咒她,只怕難好!你們也該替她準備後事,也不至臨時忙亂,我們家裏這兩天正有事呢。」

　　賈母説的事當然是寶玉娶寶釵的事,鳳姐第二天就試試寶玉,對他説:「寶兄弟大喜!老爺已給你擇定吉日,給你娶林妹妹過來,好不好?」寶玉聽了,大笑起來。鳳姐説:「老爺説,若你還是這麼傻,就不給你娶了。」寶玉忽然正色地説:「我不傻,你才傻呢!」説着便站起來,説:「我要看看林妹妹去,叫她放心。」鳳姐説:「你若是這麼瘋瘋癲癲的,她就不見你!」寶玉説:「不見也罷,我有一個心,前兒已交給林妹妹了,橫豎等她過來,再放在我的肚子裏好了。」

　　賈母聽了,又是好笑,又是心痛,便把寶玉的婚事加速進行,完全不事張揚,一切都精簡,新娘子的轎不走正門走側門,那裏離瀟湘館遠些,再叫各人不讓林姑娘知道。

　　吉日就在明天了。

貳陸 黛玉焚稿 寶釵成親

黛玉的病越來越嚴重了，往日她有病時，自賈母起都有人來問候，這時上下人等都不過來。黛玉自料萬無生理*，看見紫鵑在旁邊，她便掙扎着，說：「紫鵑妹妹，扶我起來坐一會。」又叫雪雁說：「我的詩本子……」說完，又喘起來。

雪雁把黛玉裝詩稿的箱子拿來，黛玉望着那箱子，又吐了一口血。雪雁忙給她用水漱口，她躺着，還是指着那箱子，要雪雁把寶玉送給她的舊手帕拿出來。黛玉把手帕接到手裏，便狠命地撕它，可是她哪裏有力把手帕撕得動。紫鵑知她在恨寶玉，又不敢說破，只說：「姑娘，何苦自己又生

*生理：這裏指生機。

氣！」黛玉便把手帕籠在袖裏，説：「點燈。」

雪雁點上燈來，黛玉又説：「把火盆也拿來。」紫鵑以為黛玉怕冷，便讓雪雁拿來火盆，黛玉將那手帕拿出來，對準燈火，在上面點燃起來。紫鵑嚇了一跳，想搶，但雙手因扶着黛玉而不敢動。

黛玉又把詩稿拿起來，瞄了一下，又放到火上，紫鵑和雪雁都來不及搶了。

第二天，吃過飯後，黛玉又咳又吐，看來已是病危了，紫鵑到賈母上房，卻是靜悄悄的，問屋裏的人：「老太太呢？」屋裏的人都説不知道，紫鵑想：這些人怎麼竟這樣狠毒冷淡！她便回到瀟湘館來。她想起只有一個人可以找一找，那就是李紈，因為她是守寡的女人，這樣大的喜事是不會請她參加的。

李紈來了，看見黛玉這樣子，也傷心地哭起來。這時候，那管事的林之孝的妻子奉鳳姐之命到來了，她説：「剛才二奶奶和老太太商量了，那邊要用紫鵑姑娘使喚使喚呢。」紫鵑説：「你請回去吧！等着人死了，我自然會出去的……」她覺得説得太直了，便改口説：「我們在這裏守着病人，身上不潔淨，林姑娘還有氣兒，不時叫我呢。」李紈也在旁邊説：「當真的，林姑娘和紫鵑也是前世的緣分，她們兩個一時也分不開，不如叫雪雁去吧！」那林之孝的妻子就帶着雪雁走了。

到了晚上，黛玉睜開眼一看，抓着紫鵑的手説：「我是不中用的人了，我原指望我們兩個總在一處，沒想到⋯⋯」説着，就停下來，一會兒，又説：「妹妹，我這裏沒有親人，我的身子是乾淨的，你無論怎樣也叫他們把我送回去。」説到這裏，又閉上眼不再説話。這時，李紈和探春都來了，她們見了這情景淚如雨下，猛然，聽到黛玉叫：「寶玉！寶玉！你好⋯⋯」説到「好」字，便渾身冷汗，不做聲了。

黛玉氣絕的時候，也正是寶玉和寶釵行着大禮之時。

且説寶玉聽見娶黛玉為妻，覺得那真是從古至今、天上人間第一件暢心滿意的事，精神頓時覺得旺盛起來，病也減了幾分，催着襲人給他裝扮，還催問林妹妹為什麼還沒有來呢。

大轎進來了，儐相請新娘出轎。寶釵是用紅色頭帕蓋着，由喜娘和雪雁扶着她。新郎新娘參拜了天地、祖先和尊長之後，就送入洞房。

按例，新人進了洞房，新郎就要給新娘揭開頭蓋的。寶玉走到新娘子面前説：「妹妹，身上怎麼了？蓋這勞什子做什麼？」想把頭蓋揭去，把賈母急出一身冷汗來。不過寶玉又想：「林妹妹是愛生氣的，不可亂動。」又把手縮回去，不過終於按捺不住，就把頭蓋揭開，睜眼一看，好像是寶釵，又不敢相信，便拿燈來照，果然是寶釵，在盛妝之下，更顯得嬌媚了。可是寶玉竟發起呆來，賈母和鳳姐快叫寶釵進入

裏面去。

賈寶玉定了定神，輕輕叫襲人說：「我在哪裏呢？是不是在做夢呢？」襲人說：「這是你的好日子，不要說混話。」寶玉悄悄地拿手指指裏面說：「那裏面的美人兒是誰？」襲人說：「是新娶的二奶奶。」寶玉又說：「好糊塗！你說的二奶奶到底是誰？」襲人說：「寶姑娘！」寶玉說：「林姑娘呢？」襲人說：「老爺作主娶的是寶姑娘，怎麼胡說起林姑娘來？」寶玉說：「我剛才看見了林姑娘的，還有雪雁呢。你們怎麼搞的？」鳳姐便上來，輕輕地說：「寶姑娘在屋裏坐着呢。別胡說八道，你得罪了她，老太太是不依的。」

寶玉聽了，糊塗得更厲害了，便口口聲聲的要找林妹妹去，怎麼勸說也不聽，昏昏沉沉地睡去。賈政卻以為萬事大吉，就離家上任去了。

一連幾天，寶玉的病越加沉重了，連湯水也不能入口。到了晚上，稍稍清醒過來，看見房裏只有襲人，便說：「我問你，寶姐姐怎麼進來的？我記得老爺給我娶了林妹妹，怎麼給寶姐姐趕出去了？她為什麼霸佔住在這裏？我要說呢，又怕得罪了她，你聽見林妹妹哭得怎麼樣了？」襲人不敢明說，只說：「林姑娘病着呢。」寶玉說：「那我看看她去。」說着，要起來，哪知道已毫無氣力，便哭了起來說：「我要死了！我有一句話，只求你稟明老太太，橫豎林妹妹也是要死的，就把我們兩個都抬到一間房子裏去吧！」

　　這時，寶釵進到房裏來，已聽到他的話，她便清清楚楚地告訴寶玉說：「實話告訴你吧，那兩日你不知人事的時候，林妹妹已經亡故了。」寶玉聽了，不禁放聲大哭，倒在牀上，大家以為他死了，都大哭起來。可是，寶玉卻好像做了一個可怕的惡夢一樣，他又被救活，醒過來了。

貳柒 賈府抄家人亡家散

寶玉雖然醒過來，但是他的病仍然時好時發。寶釵把紫鵑也調了過來使喚，寶玉看見紫鵑總是對他有氣，又看見襲人和寶釵常在左右，許多話不便問她。他想到瀟湘館去看看，但是賈母怕他觸景傷神，總不讓他去。

這時，賈政在外面做官遇到同鄉一個姓周的，當了節度使的官，向賈政提出，請把探春嫁給他的兒子，賈政覺得他們的家世和人品都不錯，就答應了。不過，這周家是在海疆任職的，道路十分遙遠，寶玉比其他人更覺得難過，送行的那天，全家都依依不捨。

賈政是個京官，對地方官吏的事務不熟悉，被下面的屬員蒙蔽，重徵了百姓的糧米，被人告了，皇上降旨革職，降

了三級，仍然回到京裏做工部員外。王夫人反而覺得賈政能回家來，已是皇恩浩大了。

眾親朋因為賈政回家都紛紛要送戲接風，賈政都推辭了，只在家裏擺上幾桌酒菜招待親朋，正在這時，家人來報：「西平王的錦衣軍到來了。」賈政不知何故，便出去迎接，可是錦衣軍已經進來，聲稱要賈赦接旨。那些賓客看見來勢不妙，一個個溜走了。賈政和賈赦跪下來，西平王爺就宣布：「小王奉旨來查看賈赦家產。」

原來賈赦平日包攬詞訟，逼害百姓，為了要奪人的古董扇子，迫得別人自殺。那賈珍引誘世家子弟賭博，又迫人退婚等等，被人告發，這時在他們的家裏搜出了許多盤剝重利的契紙。錦衣軍又因為賈赦和賈政並沒有分家，便把榮國府管家的賈璉的房子也搜查，搜出了一箱房地契和一箱借票，都是違例取利的。這些差役翻箱倒櫃，把木器打得破爛，瓷器跌成粉碎，還有一些差役混水摸魚，把細軟財物藏進腰包。

此時賈母和女眷們在裏面擺家宴，聽見那些下人來報：「不好了！來了一批穿靴戴帽的強盜，翻箱倒櫃把東西拿走了！」各人大嚇一驚，鳳姐知道自己的房子被抄，所有盤剝回來的錢——五、六萬兩的財產都被沒收時，發起急來，一仰身便昏死在地上，賈母也喘氣喘不過來。

最後，上頭查明了事實，又姑念賈政不理家務，不加追

究，只判了把賈家的祖宗世襲職位革去，寧國府收沒入官，賈赦發往台站效力贖罪，賈珍發往邊疆效力，賈璉也受革職處分。

這一次抄家把寧國府全毀了，鳳姐一生的積蓄也蕩然無存，鳳姐不但損失了銀兩，使得夫妻感情受了傷害，而且她的威風也大受打擊，連下人也不大聽她的話了。

從來不理家務的賈政這時不得不弄清楚家裏的經濟開支情況，原來這麼多年，賈府只是依靠皇上的賞賜和田租收入，但是開支那麼大，早已入不敷出了。賈政遣散了寧國府的僕人，再算一算榮國府要養的下人，還有三十多家，竟有二百一十二名之多，他就不得不費腦筋去處理了。

賈母年老體弱受不了驚嚇，竟然嚇出病來。但她年輕時本來就是精明過人的，這時雖然病了，遇上這麼大的變故也打起精神來，解決家裏的困難。這時候，要向人借錢人家都不願意了。最親密的親戚是薛家，但薛姨媽因為薛蟠打官司的事，用了很多銀子去賄賂官府，哪有錢借給他們呢？另一個姻親就是迎春的丈夫孫紹祖，但在這關鍵時刻，他還說賈赦借過他一筆款項，要來催債，簡直就是落石下井呢。這樣賈母只有把自己的私蓄拿出來，賈赦和賈珍被發往邊疆，各給他們幾千兩的使用，鳳姐已經一無所有了，也給她幾千兩……這裏那裏都分配一些，那不夠的，賈府只好拿產業去抵押。

　　賈政十分傷心，說：「真想不到我這家，一下子敗落到如此地步！」

　　不過，後來還是皇恩浩蕩，皇上念着賈政是功臣的後代，又是元妃的父親，仍給他世襲。這樣，賈府便稍稍安定下來。

　　有一天，恰巧史湘雲出嫁之後到來探望賈母，賈母忽然想起後天便是寶釵的生辰，想到寶釵嫁到賈家之後，接二連三的發生了許多事情，沒有過過一天安樂的日子，便決定給她慶祝，連迎春也接回來，請了薛姨媽和寶琴來，設宴慶祝一下。

　　可是，這個宴會上，從前那歡樂的氣氛都沒有了。黛玉沒了，探春遠嫁了，迎春愁懷滿腹的，寶釵、寶玉都滿懷心事。賈母還想鳳姐說笑話，但鳳姐哪裏說得出來呢。

　　寶玉看見姊妹中少了黛玉，感到特別難過，便託詞換衣服走了出去。襲人悄悄跟在他後面，只見寶玉一直走到大觀園去，襲人無法阻止他。

　　自從黛玉死後，姊妹們又搬出大觀園，園就荒廢了，賈府抄家時，皇上還恩准賈政保留着園子。這時，寶玉進得門來，只見滿目淒涼，那些花木已枯萎，亭館的彩色牆畫也已剝落，他一直走到瀟湘館那裏，忽然耳邊好像聽見什麼，便問襲人說：「瀟湘館裏有人住麼？」襲人說：「沒有。」寶玉說：「我明明聽見有人在裏面啼哭，怎麼沒有人？」襲人說：

「是你疑心吧？從前你到這裏常常聽見林姑娘傷心，所以才這樣想着吧。」正説着，那看園子的婆子趕上來説：「這裏打從林姑娘死後，常常聽見哭聲，別人都不敢走過這裏，二爺快回去吧！」寶玉便滴下淚來，説：「林妹妹，好好兒的，是我害了你了！你別怨我，只是父母作主，不是我負心！」越説越心痛，便大哭起來。到秋紋帶人把他找回去時，筵席也不歡而散了。

賈母終是經不起這麼大的風浪，跟着，迎春回到孫家不久就被孫紹祖折磨死了。賈母病中聽到這消息，真是病上加病，她盼望湘雲來看她，偏偏湘雲的丈夫得了暴病，她無法脱身前來。賈母的病日重一日，最後便逝世了。

賈母逝世之後，賈家按照過去習慣都是在鐵檻寺設靈拜奠，許多人都去了。這一個晚上，風高月黑，有一羣強盜平素覬覦賈家有錢，便趁這機會明仗打劫，劫去了許多東西，連那尼姑妙玉也劫走了。

從賈母逝世開始，鳳姐帶着病理事，她雖然任勞任怨，但也成了眾矢之的。賈母死後，因為家道中落拿不出許多銀子大事鋪張喪禮，大家都埋怨鳳姐。賈府被賊洗劫了，恰巧一個被打死的賊是周瑞的乾兒子，大家認為他是做那批強盜內應的人，而周瑞正是鳳姐使喚的管家，因此又埋怨鳳姐。鳳姐的病越來越重，病着時還看到以前給她迫害過的人，像尤二姐等，她最後在痛苦中死去。

貳捌

塵緣已盡寶玉出家

　　寶玉自從到瀟湘館聽過屋子裏的哭聲之後，心裏好不自在，希望黛玉真的有靈魂能讓他們見見面，談談心。回家後他一個人在外面睡，專心等黛玉給他報夢，可是等了兩夜之後仍然沒有夢見黛玉，更覺心灰意冷，跟着又是迎春、賈母、鳳姐逝世等等不愉快的事，病越來越重，一個月左右，簡直不省人事了。

　　正當賈政、王夫人、寶釵等急得不知所措的時候，忽然門外來了一個和尚，手裏拿着一塊玉，説是寶玉丟了的那塊玉，要求領一萬兩的賞銀。他們哪裏有這大筆銀子？賈璉便説：「人都快要死了，要這玉做什麼？」賈政忽然想起，多年前寶玉生病也是和尚治好的，不管怎樣，就把和尚請進來，

但那和尚已不請自來，一直走到寶玉的病牀前，在寶玉的耳邊說：「寶玉，你的寶玉來了！」寶玉一聽，便睜開眼睛說：「在哪裏呢？」和尚把玉遞給他，他把玉抓緊，放在眼前細看，說：「啊呀，久違了！」賈政看見寶玉已不再昏迷了，非常高興，請和尚到外面招待他喝茶、談話。

但是，這時寶玉卻又重新昏死過去，魂魄好像出了竅似的，隨着那和尚到了一個地方又一個地方。末了，到了一座仙宮裏，看見一棵青草，沒有花朵，卻別有丰姿，使人憐惜。正看着，有一位仙女走來，寶玉便問她這是什麼草。那仙女說：「這本是靈河上的一株絳珠仙草，因為那時枯萎，幸虧有一個神瑛侍者日夜用甘露灌溉它，得以長生，後來就下凡降世，用眼淚來報答神瑛侍者灌溉的甘露。現在它又回到仙境來了，你不要胡亂窺看。」

寶玉也自慚形穢，便要退出，卻聽見有人趕來說：「神瑛侍者別走，請進去參見。」寶玉跟着進去，看見一間房子珠簾高掛，那仙女把簾子捲起，裏面一個女子頭戴花冠，身穿繡服，竟是黛玉。寶玉不禁叫：「妹妹在這裏，叫我想得好苦！」門外那仙女說：「這侍者無禮！」便要趕他。這時，那和尚推了他一把，對他說了一聲：「回去吧！」他就站不住腳，叫了一聲「哎唷」就醒過來了。

寶釵等眾人看見寶玉蘇醒過來，十分高興。這時，那和尚還在外面大叫大嚷，要給他一萬兩銀子，大家正不知怎辦，

寶玉説：「讓我把玉還給他就是了。」説着就把玉拿去，可是大家哪裏肯讓他把玉拿出去，襲人和紫鵑死命攔住了他。寶玉看見難以脱身，便歎了一口氣説：「為了一塊玉，這樣死命不放，若是我一個人走了，你們又怎樣？」紫鵑和襲人都大哭起來，最後寶釵説：「你們放下手，讓他把玉留下來，獨自去見那和尚吧。」

寶玉便獨自見那和尚，談説一會後，那和尚連銀子也不要竟自走了，寶玉也恢復健康了。

賈政為着賈母、黛玉等靈柩要送回南邊，便決定自己親自送去，臨行前囑咐寶玉好好讀書，準備這年的科舉考試。寶玉已痊癒，便答應了賈政，天天在書房裏用功，王夫人和寶釵都十分歡喜。

李紈的兒子賈蘭也是要參加考試的，到了考試進場那天，丫頭們把什麼都給寶玉和賈蘭叔姪二人準備好。寶玉跪下來給王夫人磕頭，説：「母親生我一世，我無可答報，只有將來中了舉，討太太喜歡，便是兒子一輩子的事也完了，一輩子的不好，也都遮過了！」又到寶釵面前作揖説：「姐姐，我要走了，你好生跟着太太，聽我的喜信兒吧！」説得王夫人和寶釵都流下淚來，寶釵説：「是時候了，你不必再説這些嘮叨話了。」寶玉説：「你倒催的我緊，我自己也知道該走了！」

過了幾天，便到了出場*日期，賈蘭出來，不待大家問，

*出場：指完成科舉考試從試場中出來。

便哭着説：「二叔丢了。我們兩人是一同交卷子，一同出來
的，可是在龍門口一擠，回頭就不見二叔了！」

過了不久，有人來報喜：賈寶玉中了第七名舉人，賈蘭
中了一百三十名。但是，寶玉卻永不回來了。

賈政送賈母和黛玉的靈柩到金陵，辦妥安葬等事後一個
人在船上寫家書，忽然看到雪影中一個人，披着大紅猩猩氈
的斗篷，向他倒身下拜，看樣子是寶玉。他正要跟他問話，
卻看見一僧一道夾着寶玉説：「還不快走？」於是三個人就
飄然而去，在茫茫大地上，留下他們的歌聲：

我所居兮，青埂之峯。我所遊兮，鴻濛太空。誰與我遊
兮，吾誰與從？渺渺荒荒兮，歸彼大荒。

這就是寶玉最後的一次露面了。

以上就是那石頭經歷過的事，後來被一個叫曹雪芹的人
把它寫出來。這曹雪芹埋頭一寫便寫了幾十年，還題了一首
詩：

滿紙荒唐言，一把辛酸淚。
都云作者癡，誰解其中味？

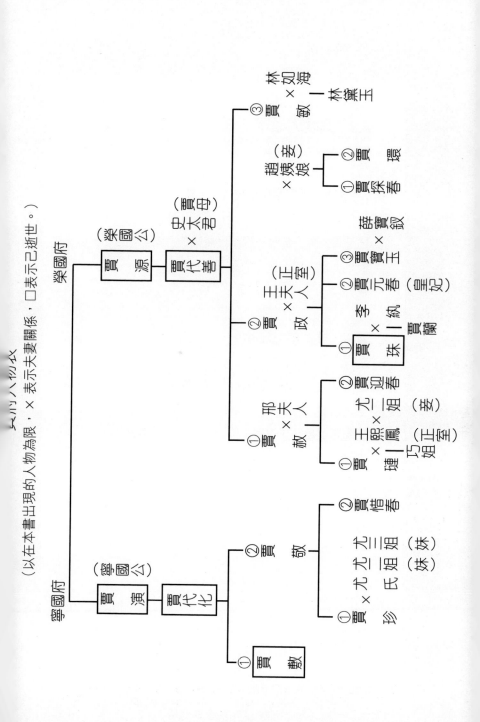

本書人物表

（以在本書出現的人物為限，× 表示夫妻關係，□表示已逝世。）

語文實力大挑戰

 金睛火眼辨一辨

把正確答案的英文字母填在（ ）裏。

1. 寶玉周歲時，賈政想測試他將來的志向，把很多東西擺在他面前，寶玉抓到的是（ ）？
   A. 毛筆　　B. 脂粉釵環　　C. 錢袋

2. 黛玉、寶釵等組織的詩社，開始叫（ ），後來叫（ ）。
   A. 桃花社　　B. 海棠社　　C. 梅花社

3. 賈母最開始時想讓寶玉娶（ ）為妻？
   A. 林黛玉　　B. 薛寶釵　　C. 薛寶琴

4. 在大觀園裏，寶釵住的地方叫（ ）；黛玉住的地方叫（ ）；寶玉住的地方叫（ ）。
   A. 瀟湘館　　B. 蘅蕪院　　C. 怡紅院

5. 「神瑛侍者」指的是（ ），「絳珠仙草」指的是（ ）。
   A. 薛寶釵　　B. 林黛玉　　C. 賈寶玉

紅樓夢

重點追蹤填一填

把正確的答案填在橫線上。

1. 《紅樓夢》原名《石頭記》，作者是清代的＿＿＿＿＿＿。

2. 賈寶玉佩戴的玉叫＿＿＿＿＿＿，薛寶釵佩戴的是＿＿＿＿＿＿，史湘雲佩戴的是玉麒麟。

3. 《紅樓夢》中，有一個女子，她模樣標致，語言爽利，心機極深細，但「機關算盡太聰明，反誤了卿卿性命」，這個人是＿＿＿＿＿＿；還有一個女子，她寄人籬下，渴望真摯的愛情，但在森嚴冷漠的封建大家族中，只能淒婉的唱出「一年三百六十日，風刀霜劍嚴相逼」，這個人是＿＿＿＿＿＿。

4. 賈府的「四春」分別是：孤獨的＿＿＿＿＿＿、懦弱的＿＿＿＿＿＿、精明的＿＿＿＿＿＿、孤僻的＿＿＿＿＿＿，取「原應歎息」之意。

語文實力大挑戰

動動腦筋練一練

試以詞語接龍的方式，豐富你的詞彙庫。

　　劉姥姥二進大觀園，賈府的丫鬟們為了戲弄劉姥姥，在吃飯之前要行酒令。這是一個由文字引申出來的遊戲，就好像我們現在常玩的接龍遊戲。請看看下面的例子，找到規律，並在下面的空白處，自己試着舉例玩一玩這個遊戲，這可以豐富你的詞彙庫呢。

例：花生→生活→活動→動作→作文→文字→字眼……

1.　學校→校規 _____

_____

_____

2.　認真→ _____

_____

_____

3. _____

_____

_____

動腦動筆連一連

把下列的人物與右邊相應的對話連起來吧！

　　《紅樓夢》中的人物描寫得繪聲繪色，作者對人物語言的描述十分鮮明地反映出人物的性格特點，看一看下面的話語，依據你對故事中人物性格的了解，猜猜它們分別出自誰之口？

寶玉●

●① 我來遲了！來不及迎接遠客！

黛玉●

●② 讓他和姊妹們一起玩吧，剛才給他老子折磨了半天，也該開開心了，只是不要拌嘴就是。

寶釵●

●③ 也虧你倒聽她的話，我平時和你說的，你都當耳邊風，怎麼她一說就依，比聖旨還快呢！

賈母●

●④ 怪不得老太太疼你，眾人愛你伶俐，現在我也疼你了。

王熙鳳●

●⑤ 好好的一個清淨潔白的女孩子，也學會了沽名釣譽，變成了國賊祿鬼之流！

巧手妙記填一填

　　《紅樓夢》講述了四大家族的興衰歷史，裏面人物眾多，相互間的關係也較為錯綜複雜，下面是一幅簡易的人物關係表，「×」表示夫妻關係，請根據對故事內容的回憶，填充人物關係圖。

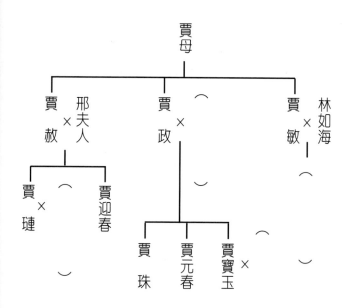

各抒己見寫一寫

　　大觀園裏的女孩子性格各異，你最喜歡誰？最不喜歡誰？為什麼？請結合書中的情節分析，並寫下來。

我最喜歡的是：＿＿＿＿＿＿＿＿＿＿＿＿＿＿＿＿

＿＿＿＿＿＿＿＿＿＿＿＿＿＿＿＿＿＿＿＿＿＿＿＿

＿＿＿＿＿＿＿＿＿＿＿＿＿＿＿＿＿＿＿＿＿＿＿＿

＿＿＿＿＿＿＿＿＿＿＿＿＿＿＿＿＿＿＿＿＿＿＿＿

我覺得她的優點是：＿＿＿＿＿＿＿＿＿＿＿＿＿＿

＿＿＿＿＿＿＿＿＿＿＿＿＿＿＿＿＿＿＿＿＿＿＿＿

＿＿＿＿＿＿＿＿＿＿＿＿＿＿＿＿＿＿＿＿＿＿＿＿

＿＿＿＿＿＿＿＿＿＿＿＿＿＿＿＿＿＿＿＿＿＿＿＿

＿＿＿＿＿＿＿＿＿＿＿＿＿＿＿＿＿＿＿＿＿＿＿＿

＿＿＿＿＿＿＿＿＿＿＿＿＿＿＿＿＿＿＿＿＿＿＿＿

＿＿＿＿＿＿＿＿＿＿＿＿＿＿＿＿＿＿＿＿＿＿＿＿

＿＿＿＿＿＿＿＿＿＿＿＿＿＿＿＿＿＿＿＿＿＿＿＿

◆ 語文實力大挑戰 ◆

我最不喜歡的是：_____

_____

_____

_____

我覺得她的缺點是：_____

_____

_____

_____

_____

_____

_____

_____

_____

_____

_____

◆

語 文 實 力 大 挑 戰

◆

答案

金睛火眼辨一辨

1. B　　2. B、A　　3. C　　4. B、A、C　　5. C、B

重點追蹤填一填

1. 曹雪芹
2. 通靈寶玉、金鎖
3. 王熙鳳、林黛玉
4. 元春、迎春、探春、惜春

動動腦筋練一練

略

動腦動筆連一連

寶玉──⑤　　黛玉──③　　寶釵──④

賈母──②　　王熙鳳──①

巧手妙記填一填

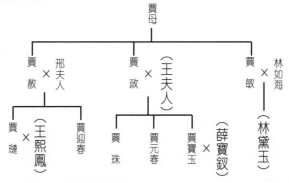

各抒己見寫一寫

略